Stephanie Werner
Eiskalte Seele

Die Autorin:
Stephanie Werner, Jahrgang 1973, lebt in Wiehl bei
Gummersbach und ist tätig im Bereich Finanzbuchhaltung.
Seit vielen Jahren schreibt sie Kurzgeschichten, Reise-
berichte und Gedichte, von denen zahlreiche Texte bereits
in verschiedenen Anthologien veröffentlicht wurden.
2012 erschien ihr erster Kriminalroman „Zerbrochenes Eis",
der im verschneiten Norwegen spielt, bei BoD.

Namen, Personen und Begebenheiten in diesem Roman sind
frei erfunden. Ähnlichkeiten mit lebenden oder verstorbenen
Personen sind nicht beabsichtigt und rein zufällig.

Stephanie Werner

EISKALTE SEELE

Kriminalroman

Bibliografische Information der Deutschen Bibliothek
Die Deutsche Bibliothek verzeichnet diese Publikation in
der Deutschen Nationalbibliografie;
detaillierte bibliografische Daten sind im Internet über
http://dnb.ddb.de abrufbar

Copyright © 2014 Stephanie Werner
Alle Rechte vorbehalten. Das Werk darf - auch teilweise -
nur mit Genehmigung der Autorin wiedergegeben werden.

Fotos:	Stephanie Werner, Wiehl
Lektorat:	Izeichen.seTzung -
	Uta Lösken, Reichshof
Gesamtgestaltung, Layout:	Izeichen.seTzung -
	Uta Lösken, Reichshof
	Stephanie Werner, Wiehl
Herstellung und Verlag:	BoD - Books on Demand,
	Norderstedt

ISBN   9-783735-762184

1

Seit einer halben Stunde wartet eine schwarz gekleidete Person, dass die Dunkelheit an diesem ungemütlichen Freitagabend Mitte Oktober langsam eintritt. Sie steht am Waldrand im Schutz einer Baumgruppe und raucht eine Zigarette nach der anderen, während sie dem Ächzen der Bäume lauscht, die sich im ersten Herbststurm des Jahres biegen.

Bis vor drei Stunden war es ein herrlicher Herbsttag gewesen. Nachdem sich der dichte Morgennebel, der anfangs wie ein schwerer Mantel über den Tälern des Oberbergischen Landes lag, langsam aufgelöst hatte, schien die Sonne stundenlang von einem strahlend blauen Himmel, als wollte sie mit der letzten ihr verbliebenen Kraft den Menschen Energie für die bevorstehenden dunklen und zumeist verregneten Wintermonate spenden.

Erst am späten Nachmittag zogen dunkle Wolken auf und eisiger Wind setzte ein, der jetzt unbarmherzig an der Kleidung zerrt und die Haare zerzaust.

Trotz des dicken Wintermantels beginnt die Person bitterlich zu frieren. Unentwegt tritt sie von einem Fuß auf den anderen, um sich warm zu halten. Sollten ihre Füße erst einmal kalt werden, würde die Kälte langsam die Beine hinauf strömen und unaufhaltsam Besitz von ihrem ganzen Körper ergreifen. Eine Erkältung kann sie nicht gebrauchen.

Mit dem Gedanken daran, dass sie später wieder im warmen Wohnzimmer vor dem Kamin sitzen, dem Knistern des Feuers lauschen und dabei einen heißen Tee trinken würde, ließ sich die Kälte besser ertragen. Lange würde es auf keinen Fall dauern, das zu erledigen, wofür sie hergekommen ist, und dann wieder zu verschwinden.

In den vergangenen Wochen hatte sie über nichts anderes als diesen Moment nachgedacht und darüber, wie sie ihr Vorhaben am besten in die Tat umsetzen kann. Jedes Detail ihres Planes hatte sie akribisch durchgespielt, um auf alle Eventualitäten vorbereitet zu sein. Jeden einzelnen Schritt, wieder und wieder. Jetzt ist sie vollkommen ruhig. Nichts wird ihr Vorhaben gefährden. Sie braucht keine Angst zu haben, von irgendjemandem entdeckt zu werden, denn einerseits ermöglicht ihr die Finsternis ein unbehelligtes Betreten des Anwesens und andererseits befindet sich niemand außer ihm im Haus. Niemand kann ihr bei der Durchführung ihres Planes in die Quere kommen.

Als die Dunkelheit schließlich vollständig eingetreten ist, wirft sie die letzte Zigarette, die sie nur halb geraucht hat, auf den Waldboden und tritt sie mit dem rechten Fuß sorgfältig aus. Sie hebt die zahlreichen Zigarettenkippen auf, wickelt sie in ein Papiertaschentuch und steckt das Päckchen in ihre Jackentasche. Dann atmet sie noch einmal tief durch, ballt die Fäuste und geht langsam, aber zielstrebig in Richtung des Hauses.

Kurt Storms Grundstück befindet sich etwas außerhalb des Ortszentrums von Wiehl in der Foreststraße kurz hinter der Tropfsteinhöhle in einer kleinen Ansammlung von Häusern. Der weiße Holzzaun ist - wie alles andere auch - penibel gepflegt. Dahinter stehen dichte Sträucher, die das große Anwesen von drei Seiten einrahmen. Zusätzliche Deckung, während sie sich der Rückseite des Hauses aufrecht und mit energischem Schritt nähert.

Sie verspürt keine Angst. Sie hat nichts mehr zu verlieren. Nichts und niemand kann sie jetzt noch aufhalten. Wenn Kurt Storm ihr auch viel genommen hat, ihren eisernen Willen hat er nicht gebrochen.

Vor dem hellgelb angestrichenen Gebäude mit den grünen Fensterrahmen verharrt sie einen Augenblick. Ein prächtiges Haus: groß, gepflegt und relativ neu. Ein besonderes Highlight stellt der kleine Springbrunnen aus echtem Marmor dar, der nach Einbruch der Dunkelheit von vier großen Scheinwerfern angestrahlt wird. Wirklich schade für ihn, dass er seinen Reichtum nicht mehr lange genießen kann.

Vorsichtig tritt die Person an das hell erleuchtete Wohnzimmerfenster heran und schaut hinein. Ihr Herz beginnt zu rasen. Der erfolgreiche Geschäftsmann Kurt Storm sitzt vor dem Fernseher, sieht die Nachrichten, isst und trinkt dazu - wie jeden Abend - eine Flasche Bier.

Bei seinem Anblick verkrampfen sich ihre Muskeln und ihr wird speiübel. Sie ballt die Fäuste, so sehr verabscheut und hasst sie diesen Mann. Er ist karrieresüchtig, arrogant und rücksichtslos. Für seine beruflichen und privaten Ziele geht er über Leichen. Ob andere Menschen dabei auf der Strecke bleiben, ist ihm völlig egal. Wie kann er sich noch im Spiegel anschauen? Er hatte vielen Menschen schweren Schaden zugefügt, hatte Leben ruiniert. Dafür wird er jetzt bezahlen. Das erste Mal in seinem Leben wird er der Verlierer sein.

Entschlossen zieht die Person ihre Sturmhaube über und holt ein Messer aus der Innentasche ihrer Jacke. Kurt Storm ist heute Abend allein zu Hause. Sie wird leichtes Spiel haben.

Unbeobachtet schleicht sie zur Hintertür, denn diese - das weiß sie - schließt er immer erst ab bevor er zu Bett geht. Ein Leichtsinn, den er bald mit seinem Leben bezahlen wird. Und auch sein Golden Retriever Per wird für sie keinerlei Gefahr darstellen.

Vorsichtig drückt sie die Klinke hinunter, schiebt die Tür langsam auf, tritt auf leisen Sohlen in die Küche und schließt die Tür behutsam wieder hinter sich.

In dem Raum ist es dunkel, lediglich das Licht des Vollmondes bahnt sich hin und wieder seinen Weg zwischen den Wolken hindurch und projiziert helle Streifen auf den weiß gefliesten Fußboden.

Es riecht nach Fisch und Knoblauch. Auf der Spüle stehen schmutzige Töpfe. Erstaunlich, dass er in der Lage ist, sich selbst etwas zu Essen zuzubereiten, wo er sich doch sonst von vorne bis hinten bedienen lässt.

Einige Sekunden lang bleibt die Person stehen und hält den Atem an, als sie durch die angelehnte Tür durch den Essbereich hindurch ins Wohnzimmer schaut. Der Hund, der vor dem Kamin gelegen und friedlich vor sich hingedöst hatte, kommt Richtung Küche gelaufen. Sie betet inständig, dass seine Freude, sie zu sehen, nicht zu überschwänglich ausfallen und er sie dadurch verraten würde.

Per bellt glücklicherweise nicht. Sie beugt sich zu ihm hinunter, streichelt ihn und blickt immer wieder durch die halb offenstehende Tür. Der Geschäftsmann hat das Essen unterbrochen und telefoniert lautstark mit einem Geschäftspartner, dazu laufen immer noch die Nachrichten im Fernsehen.

Nachdem sich Per ausgiebig hat streicheln und mit ein paar Leckerlis füttern lassen, läuft er zufrieden zurück ins Wohnzimmer und rollt sich wieder vor dem Kamin zusammen. Langsam und vorsichtig durchquert sie die Küche. Sie hat alle Zeit der Welt und braucht nichts zu überstürzen, schließlich darf ihr so kurz vor dem Ziel kein Fehler unterlaufen.

Da passiert das Missgeschick. Obwohl sie sich in der Küche auskennt, tritt sie versehentlich gegen Pers Fressnapf aus Metall. Scheppernd rutscht er gegen die Wand. Sie erstarrt, unfähig, sich auch nur einen Millimeter zu bewegen. Per hebt im Wohnzimmer den Kopf.

Kurt Storm hat inzwischen aufgehört zu telefonieren und blickt über die Schulter. „Ist da jemand?", ruft er. „Jana? Bist du es?" Da er keine Antwort erhält, erhebt er sich kurz darauf schwerfällig vom Sofa, stellt seinen halbleeren Teller auf dem Couchtisch ab und geht zur Küche.

Als er das Licht anschaltet, hat die Person den Raum längst durch die Hintertür verlassen und sich am Rande der Terrasse im Schutz eines Strauches versteckt. Ihr Herz schlägt vor Aufregung bis zum Hals. Sie ist wütend, wütend auf sich selbst, dass sie durch ihre Unachtsamkeit ihr Vorhaben ernsthaft in Gefahr gebracht hat.

Dann beobachtet sie durch ein Fenster, wie er sich in jedem Winkel der großen Küche und im Vorratsraum umsieht. Er öffnet die Hintertür, wirft einen prüfenden Blick hinaus, schließt die Tür wieder und dreht den Schlüssel herum. Er lässt noch einmal den Blick durch die Küche gleiten und geht zurück ins Wohnzimmer, wo er sich erneut auf das Sofa vor den Fernseher setzt und sein Abendessen fortsetzt.

Ein paar Minuten verharrt die Person noch in ihrem Versteck, bevor sie den Ersatzschlüssel unter einem Stein hervorholt und das Haus wieder betritt. Jetzt darf ihr kein weiterer Fehler unterlaufen, denn Kurt Storm ist gewarnt.

Dieses Mal schafft sie es ohne Zwischenfälle, die Küche zu durchqueren und schiebt vorsichtig die angelehnte Tür auf. Sie hat Glück, der Fernseher läuft immer noch laut genug, so dass er sie nicht hören kann. Sehen kann er sie auch nicht, da er mit dem Rücken zur Tür sitzt. Gut, dass sie sich nicht im Fernseher spiegelt.

Per, der friedlich vor dem Kamin liegt, hebt kurz den Kopf, legt ihn aber gleich wieder auf die Pfoten und döst weiter vor sich hin.

Mit dem Messer in der rechten Hand pirscht sie sich Schritt für Schritt von hinten an Kurt Storm heran. Hoffentlich steht er nicht unerwartet auf oder dreht sich um, denn das würde unweigerlich das Ende ihrer Mission bedeuten. Doch nichts dergleichen geschieht. Gebannt schaut er auf den Bildschirm und schiebt sich dabei einen Bissen nach dem anderen in den Mund.

Sie steht direkt hinter ihm, hebt den Arm, um mit voller Wucht zuzustechen. Doch dann zögert sie. Sekundenlang. Sie senkt den Arm wieder. Nein, sie will diese Tat nicht auf solch feige Art und Weise begehen! Dieser Mistkerl soll sehen, wer ihn so sehr hasst. Soll sehen, wer als einziger den Mut aufbringt, sich für sein widerliches Verhalten zu rächen! Er soll leiden und Todesängste ausstehen. Kein schneller Tod für diesen Dreckskerl.

Ihr Herz beginnt schneller zu schlagen. Sie umfasst das Messer mit eisernem Griff, als wolle sie es zerdrücken. Ihre Handknöchel treten weiß hervor. Jetzt bekommt das Schwein endlich die Strafe für all das, was er ihr und vielen anderen angetan hat. Dass er sein Luxusleben ganz normal weiterführt, während er andere ins Unglück gestürzt hat, darf einfach nicht sein.

Sie legt ihm von hinten das Messer an die Kehle. Kurt

Storm erstarrt. Sein Teller fällt zu Boden, das Porzellan zerbricht scheppernd auf den Fliesen, das Besteck springt klirrend bis vor den Kamin. Per hebt erschrocken den Kopf und blickt irritiert zu ihnen hinüber, bleibt aber auf seinem Platz.

„Wer? Was?", krächzt Kurt Storm. Wie versteinert sitzt er auf dem Sofa, seine Finger in die Polster gekrallt, als suche er Halt.

Stumm genießt die Person die Situation. Das Messer immer noch fest an seine Kehle gepresst, geht sie um die Armlehne des Sofas herum und baut sich direkt vor ihm auf. Ruckartig löst sie die Klinge von seinem Hals und presst sie stattdessen unter sein Kinn. Die Spitze bohrt sich in seine Haut, die ersten Tropfen Blut fließen. Seine Augen sind weit aufgerissen, der Brustkorb bewegt sich beim Atmen heftig auf und ab. Sie spürt Genugtuung, in seinen eiskalten grauen Augen die Todesangst zu sehen und die Erkenntnis, dass ihm in dieser Situation niemand helfen kann.

„Wollen Sie Geld?" Seine Stimme zittert. „Ist es das, was Sie wollen?" Sein Atem ist flach und Schweiß tritt auf seine Stirn. „Ich gebe Ihnen einhunderttausend Euro, wenn Sie mir nichts tun."

Die Person schüttelt verächtlich den Kopf. Sein Verhalten ist so erbärmlich.

Es ist bezeichnend für ihn, dass er glaubt, mit seinen Millionen alle Probleme beseitigen zu können. Doch sie will kein Geld. Kein Geld der Welt kann den Kummer und Schmerz lindern, den sie durch ihn erlitten hat. Seine gesellschaftliche Stellung und sein Reichtum werden ihm in dieser Situation nicht helfen. Im Augenblick des Todes sind alle gleich, damit muss er sich abfinden.

„Gut, Sie wollen mehr. Sagen wir zweihunderttausend Euro", bietet er mit dünner Stimme an.
Die Person streift mit der linken Hand langsam die Sturmhaube vom Kopf. Er soll sehen, mit wem er es zu tun hat.
„Ich will kein Geld, ich will Rache", erwidert sie leise und blickt ihm direkt in die Augen.
„Ddddu?", stottert Kurt Storm fassungslos und wird kreidebleich. „Du bist das?" Blankes Entsetzen steht ihm ins Gesicht geschrieben. Er kann nicht glauben, wer ihn bedroht.
„Ja, ich bin es", erwidert sie hart. „Damit hast du wohl nicht gerechnet."
„Tu jetzt nichts Unüberlegtes und nimm verdammt noch mal das Messer weg!", keift er.
Seine Stimme nimmt schon wieder diesen überheblichen, befehlsartigen Ton an, um sie einzuschüchtern. Er nimmt sie nicht für voll. Was anderes hat sie von ihm auch gar nicht erwartet, dafür kennt sie ihn zu gut. Schließlich akzeptiert er nur Menschen, die mindestens sechsstellige Summen auf dem Bankkonto haben.
„Du bist hier nicht in der Position, Forderungen zu stellen. Ist das klar?", schnaubt sie wütend und bohrt die Messerspitze noch tiefer in die Haut hinein. Er schreit auf.
„Schon gut, schon gut. Beruhige dich. Wir können doch über alles reden."
„Wir können über alles reden?", wiederholt die Person erbost. Dieser Mistkerl besitzt nach all dem, was passiert ist, tatsächlich die Unverfrorenheit zu glauben, mit ihr reden zu können! Das hätte er viel früher tun müssen, doch da hatte es der Herr nicht für nötig gehalten. Erst jetzt will er sich auf ein Gespräch einlassen, um seinen Kopf aus der

Schlinge zu ziehen. Was bildet er sich eigentlich ein? Außer sich vor Wut hebt sie das Messer. Kurt Storm zuckt zusammen und drückt sich noch tiefer in die Polster seines Sofas.

„Damit kommst du nie im Leben durch! Gib auf, es ist noch nicht zu spät. Oder willst du dein ganzes Leben zerstören?", versucht er an ihre Vernunft zu appellieren. Seine Stimme zittert vor Angst.

Sie stockt, schwankt, reißt sich zusammen.

„Mein Leben und das vieler anderer ist bereits zerstört, dafür hast du gesorgt", erwidert sie hart. „Und dafür wirst du jetzt bezahlen."

Voller Hass holt sie aus und sticht zu. Einmal, zweimal, direkt in den Oberkörper. Kurt Storm wehrt sich, versucht die Hand mit dem Messer zu greifen. Vergeblich. Wie von Sinnen sticht sie auf ihn ein, wieder und wieder. Auch noch, als sein Kopf nach vorne sackt und er sich nicht mehr rührt. Erst als ihre Jacke über und über mit Blut bespritzt ist, lässt sie von ihm ab. Wie in Trance tritt sie einen Schritt zurück, lässt ihre blutverschmierte Hand sinken und betrachtet emotionslos den Toten.

Aus seinem rechten Mundwinkel fließt ein Rinnsal den Hals hinunter. Aus zahlreichen Wunden in der Herzgegend quillt unaufhörlich Blut und färbt das weiße Designerhemd dunkelrot. Es breitet sich rasend schnell über Anzughose und Sofa aus.

Langsam löst sich ihre Anspannung und sie fühlt sich, als ob sie von einer zentnerschweren Last befreit wäre.

Nach einigen Minuten packt sie den Hund, der unruhig um sie herumgelaufen war, am Halsband und bringt ihn hinaus in den Garten. Ihm soll nichts geschehen.

Sie kehrt noch einmal ins Wohnzimmer zurück, um etwas Wichtiges zu erledigen. Dann reinigt sie das Messer unter heißem, fließendem Wasser und wäscht das Blut von ihrem wasserabweisenden Wintermantel.

Sie verlässt das Haus so lautlos, wie sie gekommen war, durch die Hintertür und verschwindet in der Dunkelheit

2

Das Feuer knistert und sorgt für wohlige Wärme im rustikalen Kaminzimmer der Familie Larssen. Nachdem sie fast zwei Stunden lang gemütlich Raclette gegessen haben, sitzen Anna-Maria, ihr Freund Christian und die Geschwister Solvejg und Morten Larssen noch lange in der gemütlichen Sitzecke vor dem Kamin, trinken Tee und sprechen über das bevorstehende Abitur.

Erst gegen zweiundzwanzig Uhr brechen Anna-Maria und Christian bei eisiger Kälte in Nümbrecht auf. Als sie durch die Höhenstraße hinunter gefahren sind, biegen sie nach rechts in die Schlossstraße ein, wobei ihr Auto leicht ins Schlingern gerät. Doch Christian bekommt die Situation schnell wieder unter Kontrolle.

„Wir könnten mal wieder Ski fahren", schlägt er vor.

„Das ist eine gute Idee. Wie wäre es mit Freitag nach der Schule? Nein, besser am Samstag. Und danach gehen wir italienisch essen." Anna-Maria ist begeistert und legt ihre Lieblings-CD von Johnny Logan ein, bei dessen Lied „Hold me now" sie sich zum ersten Mal gegenüber gestanden hatten und das dann später zu „ihrem" Lied geworden war.

Auf Höhe von Schloss Homburg zuckt Anna-Maria erschrocken zusammen, denn auf der abschüssigen Strecke kommt ihnen plötzlich ein Auto mit aufgeblendetem Licht entgegen.

„Wieso blendet der Idiot nicht ab? Ich kann kaum etwas sehen", schimpft Christian und klappt die Sonnenblende herunter, wodurch jedoch keine Besserung eintritt.

Anna-Maria erstarrt. „Was soll denn das? Der fährt ja Schlangenlinie!"
„Vielleicht ist er betrunken", vermutet Christian verhältnismäßig ruhig. „Übermäßig glatt ist es hier jedenfalls nicht."
„Aber er muss uns doch sehen!" Anna-Maria gerät in Panik. In ihrer Verzweiflung ergreift sie mit der rechten Hand den Türgriff. Mit ihrer Linken klammert sie sich am Sitz fest. Ihr wird flau in der Magengegend. Die Angst nimmt ihr beinahe die Luft zum Atmen.
Christian tritt vorsichtig auf die Bremse, um auf der abschüssigen Strecke nicht ins Schleudern zu geraten. Eine Vollbremsung könnte fatale Folgen haben, denn auf der Straße befindet sich an einigen Stellen immer noch Schnee. Das entgegenkommende Fahrzeug rast mit unveränderter Geschwindigkeit auf sie zu, immer noch Schlangenlinie fahrend, bis der Abstand nur noch ungefähr fünfzig Meter beträgt.
„Tu doch etwas!", schreit Anna-Maria verzweifelt.
Christian drückt auf die Hupe, in der Hoffnung, dass der Fahrer zur Besinnung kommt. Doch vergeblich. Der Wagen kommt ihnen jetzt auf ihrer Fahrspur entgegen.
Um einen Frontalzusammenstoß seines Sportwagens mit dem schweren Geländewagen zu vermeiden, reißt Christian das Steuer nach links. Bevor ihr Wagen von der Fahrbahn abkommt, erkennt Anna-Maria im letzten Augenblick noch das Nummernschild des entgegenkommenden Fahrzeuges und das erschrockene Gesicht des Fahrers, der die Innenbeleuchtung eingeschaltet hat und telefoniert.
Was dann passiert, erlebt sie wie in Trance. Der am linken Straßenrand aufgeschüttete Schnee wirkt wie eine Rampe. Christians Sportwagen schießt darüber hinweg und fliegt

ein paar Meter durch die Luft, bevor er hart auf den schneebedeckten Waldboden prallt und sich den Abhang hinunter durch den gefrorenen Schnee pflügt. Das ratternde, schleifende Geräusch geht ihr durch Mark und Bein. Von den Sicherheitsgurten gehalten, werden sie auf ihren Sitzen heftig hin und her geschleudert und sind der Situation vollkommen ausgeliefert, wie Marionetten in einem Theaterstück.

Obwohl sich das ganze innerhalb Bruchteilen von Sekunden abspielt, kommt es Anna-Maria wie eine Ewigkeit vor, wie ein nicht enden wollender Alptraum, und sie hofft inständig, dass der Wagen endlich zum Stillstand kommt. Doch in dem abschüssigen Waldstück wird der außer Kontrolle geratene Wagen schneller und schneller. Mit enormer Geschwindigkeit schießen sie dicht an Bäumen vorbei, deren tief hängende Äste rechts und links gegen Fenster und Türen peitschen.

Dann taucht plötzlich ein dicker Stamm direkt vor ihnen auf. Anna-Maria ist starr vor Schreck und nicht einmal mehr in der Lage zu schreien. Die Angst schnürt ihr buchstäblich die Kehle zu. Der Wagen wird nicht rechtzeitig zum Stillstand kommen. Den Aufprall werden sie nicht überleben. Nichts und niemand kann das mehr verhindern. Ein Wunder wird es nicht geben. Mit der linken Hand greift sie Christians rechte und drückt sie fest. Dann wirft sie schützend den rechten Arm vors Gesicht. Nach einem fürchterlichen Knall wird es dunkel um sie.

Anna-Maria schreckt aus dem Schlaf hoch. Es ist dunkel im Raum und im ersten Augenblick weiß sie nicht, wo sie sich befindet.
Nach einer Weile realisiert sie, dass sie zu Hause in ihrem

Bett liegt. Wieder hat sie einen dieser schrecklichen Alpträume gehabt, die ihr regelmäßig den Schlaf rauben, und wieder ist er so echt gewesen, dass sie im ersten Moment gar nicht weiß, ob es nur ein schlechter Traum gewesen oder die ganze Geschichte gerade erst passiert ist.
Ihr Herz rast vor Aufregung und der Brustkorb bewegt sich beim Atmen heftig auf und ab. Der Pyjama ist völlig durchgeschwitzt und klebt an ihrem Körper, das Kopfkissen ist feucht. Viel schlimmer aber ist, dass sie immer wieder den schrecklichsten Tag ihres Lebens durchlebt und nichts dagegen tun kann.
Nur langsam beruhigt sie sich und schaltet schließlich die Nachttischlampe an, um auf die Uhr zu sehen. Es ist kurz vor Mitternacht, sie hatte also noch nicht lange geschlafen. Durch den Vorhang hindurch schimmert es orange. Anna-Maria schlägt die Bettdecke zurück und setzt sich in ihren Rollstuhl, der wie jede Nacht neben ihrem Bett steht. Mit zitternden Händen löst sie die Bremsen, um ans Fenster zu fahren, wo sie mit einem Ruck die Vorhänge auseinanderzieht.
Das Haus ihres Nachbarn Kurt Storm auf der gegenüberliegenden Straßenseite brennt. Da einige Bäume die direkte Sicht hinüber einschränken, fährt sie ins Wohnzimmer. Von der riesigen Fensterfront aus kann sie auf das prächtige Gebäude schauen.
In der unteren Etage schlagen Flammen aus den Esszimmerfenstern. Die Außenwände des Hauses sind noch unversehrt und, soweit sie es beurteilen kann, ist das Obergeschoss ebenfalls noch nicht Opfer des Feuers geworden.
Anna-Maria sitzt da und schaut minutenlang auf die Flammen. Zwei weitere Fensterscheiben zerbersten. Sie könnte die Feuerwehr rufen. Doch das will sie nicht: Sie will das

Haus mitsamt seinem Besitzer niederbrennen sehen.
Plötzlich sagt ihr ein Gefühl, dass sie nicht die Einzige ist, die das Feuer beobachtet. Sie beugt sich nach vorne und dreht den Kopf zur Seite. Das Mondlicht scheint in das Wohnzimmer des Nachbarhauses zur Rechten. Hinter dem Fenster steht ein Paar und schaut zur anderen Straßenseite hinüber.

Nach ein paar Minuten hat Anna-Maria genug gesehen. Sie fährt zurück ins Schlafzimmer, zieht den Vorhang vor dem Fenster zu, stellt den Rollstuhl vor ihrem Bett ab, legt sich wieder hinein und schläft kurz darauf ein.

Manuela und Axel Wandt stehen Hand in Hand hinter dem Wohnzimmerfenster ihres Einfamilienhauses und starren teilnahmslos ins Feuer, das von dem Haus auf der gegenüberliegenden Straßenseite nach und nach Besitz ergreift. Beide sind blass, wirken ausgezehrt. Auch in dieser Nacht hatte Manuela wieder stundenlang wach gelegen und gegrübelt. Als sie dann eine Schlaftablette nehmen wollte, hatte sie den Brand bemerkt.
„Geschieht ihm recht", dachte sie und weckte ihren Mann.
Unweigerlich erinnert sich Manuela an den Tag, an dem ihr Sohn Christian schuldlos bei einem schweren Autounfall ums Leben gekommen war. Sie hat die Bilder des völlig zerstörten Autos vor Augen, aus dem Christian und seine Freundin von der Feuerwehr herausgeschnitten werden mussten. Während Christian nur noch tot geborgen werden konnte, wurde Anna-Maria mit schwersten Verletzungen nach Waldbröl ins Krankenhaus gebracht.
Tränen laufen Manuela über das Gesicht.
Bevor sie und ihr Mann wieder zu Bett gehen, bleiben sie

für einen Augenblick vor dem Foto ihres verstorbenen Sohnes stehen. Das erste Mal seit seinem Tod huscht ein leichtes Lächeln über ihre Gesichter.

Als der Rentner Wilhelm Klaußen die ersten Flammen im Haus seines Nachbarn Kurt Storm erblickt, geht er in den Keller und holt die erstklassige Flasche Cognac aus dem Regal, die er vor einigen Jahren von den Kollegen zur Verabschiedung geschenkt bekommen hatte. Ein besonderer Tropfen für einen besonderen Moment. Andächtig betrachtet er die Flasche und Wehmut macht sich in ihm breit. Vor ein paar Jahren noch hätte er ohne mit der Wimper zu zucken gleich einen ganzen Karton davon auf einmal kaufen können, aber heute...
Der alte Mann nimmt einen schweren, geschliffenen Cognacschwenker aus dem Wohnzimmerschrank, setzt sich an den Esstisch und schenkt sich bedächtig ein wenig von dem edlen Tropfen ein. Zuerst hält er das Glas gegen das Licht, schwenkt ihn einige Male im Kreis, dass die goldbraune Flüssigkeit in weichen Schlieren daran herunter läuft, atmet den Duft ein.
„Fahr zur Hölle Kurt Storm!", sagt er laut und hebt das Glas, als proste er ihm zu. In einem Zug kippt er den Inhalt hinunter, verharrt einen Augenblick und starrt gedankenverloren ins Feuer. Dann schenkt er sich erneut ein Glas ein. Dieser Moment ist wirklich einen zweiten Cognac wert.
„Und darauf, dass es doch noch Gerechtigkeit gibt!" Er lacht schadenfroh, hebt wieder das Glas und trinkt es in einem Zug aus.
Schließlich erhebt er sich von seinem Stuhl und geht hinüber zur Couch, von der aus er einen uneingeschränkten

Blick auf die obere Etage des Nachbarhauses hat.

Genüsslich steckt er sich dabei eine der Zigarren an, die er letztes Jahr zum siebzigsten Geburtstag von seiner Tochter geschenkt bekommen hatte. Während er den Rauch in kleinen Wölkchen in die Luft pustet, beobachtet er seelenruhig, wie sich die Flammen gegenüber nach und nach ausbreiten. Der Anblick des brennenden Hauses ist besser als jedes Fernsehprogramm.

Starker Brandgeruch steigt Martha Noltemann in die Nase, als sie gegen Mitternacht in die Küche geht, um noch einen kleinen Imbiss zuzubereiten. Sie sieht die Flammen gegenüber, schließt das gekippte Fenster und öffnet den Kühlschrank.

„Sein Haus brennt", sagt Martha beiläufig, als sie mit einer Flasche Wasser, einem Glas und einem Teller mit Sandwiches zurück ins Wohnzimmer kommt, wo ihr Mann Karl-Heinz auf dem Sofa sitzt und die Nachrichten im Fernsehen sieht.

„Aha", entgegnet dieser, nimmt einen kräftigen Schluck Bier aus seiner Flasche und greift sich ein Putensandwich. Ohne ein weiteres Wort darüber zu verlieren, starrt er wieder auf den Bildschirm.

„Ich habe die Fenster geschlossen. Der Gestank muss ja nicht noch mehr ins Haus ziehen", erklärt seine Frau und nimmt sich ebenfalls ein Putensandwich.

„Hoffentlich weht der Wind den Rauch nicht zu uns herüber. Ruß auf Fensterbänken und Fensterscheiben, das gibt eine furchtbare Schweinerei."

Eine Weile sitzen beide schweigend im Wohnzimmer. Er schaut noch einen Spielfilm, sie strickt an einem Paar dicker Socken für den Schwiegersohn. Weihnachten ist nicht mehr weit. Dann können sie endlich die Kinder wieder in München besuchen. Die Enkel werden gewachsen sein. Wer weiß, wie lange sie die beschwerliche Zugfahrt noch schaffen.

Plötzlich schaltet Karl-Heinz den Fernseher aus. „Ich bin müde, lass uns zu Bett gehen."

„Ich bin auch müde", stimmt sie zu und legt ihr Strickzeug beiseite. „Geh doch schon mal vor, ich hole nur noch schnell das Fleisch aus der Kühltruhe für morgen."

Keine zehn Minuten später liegen beide im Bett, wünschen sich eine gute Nacht und löschen das Licht.

3

Als Julia an diesem stürmischen Freitagabend nach Dienstschluss ihre Wohnung am Ortsrand von Börnhausen betritt, wirft sie ihre Tasche auf das Sideboard im Flur, zieht sich im Schlafzimmer ihre Jogginghose und einen Wohlfühlpullover an und holt sich Aquarellfarbkasten und Aquarellblock aus dem Wohnzimmerschrank. Seit Wochen hatte sie keinen einzigen Pinselstrich mehr gezeichnet, was einerseits auf den überdurchschnittlichen Einsatz im Job und andererseits auf die vielen schönen Sommerwochenenden zurückzuführen war, an denen sie mit ihrer besten Freundin Anita auf deren Pferden stundenlang durch das Oberbergische geritten war. Diese Ausritte hatte sie sehr genossen und dadurch auch die Umgebung ihres Wohnortes, an den sie erst vor einem halben Jahr gezogen war, besser kennengelernt. Jetzt will sie den Abend und auch einen Teil ihres freien Wochenendes nutzen, um endlich zu malen. Ihr Kollege Alexander, mit dem sie öfter freitagabends nach Feierabend in Gummersbach ins Kino oder zum Italiener geht, übernimmt den Spät- und Wochenenddienst für einen Kollegen. Deshalb wird sie sich einen ruhigen Abend machen, Musik hören und einfach beim Malen abschalten.
Es juckt sie schon seit langem in den Fingern, ein paar Bilder zu malen, die ihr seit Monaten im Kopf herum spuken und sie einfach nicht mehr loslassen. Im letzten Sommer waren Anita und sie für eine Woche nach Schweden gefahren, um mit ihren schwedischen Freunden, die sie vor einigen Jahren beim Skifahren im Zillertal kennengelernt

hatten, Mittsommer zu feiern. In der Nähe von Strömstad hatten sie sich ein großes Ferienhaus direkt am Meer gemietet, waren stundenlang mit dem Motorboot zwischen den Schären gekreuzt, hatten geangelt und an den Abenden lange draußen gesessen, den wunderbaren Ausblick aufs Wasser genossen und den selbst gefangenen Fisch gebraten.

Das Wetter dort war die ganze Zeit über herrlich gewesen und wenn am Ende des Tages die Abendsonne die Umgebung in ein kräftiges Orange tauchte, hatte sie phantastische Fotos von den Schären gemacht. Diese zauberhafte Stimmung möchte sie jetzt in verschiedenen Aquarellen festhalten: ihr rotes Holzhaus auf den Felsen, die Boote in den kleinen Häfen und fröhliche Menschen auf den Mittsommerfeiern.

Während im Hintergrund leise eine CD mit Oldies läuft, begutachtet sie fast eine Stunde lang kritisch die über zweihundert Fotos, um die Besten von ihnen als Vorlagen für ihre Aquarelle herauszusuchen. Immer wieder hält sie dabei inne und schwelgt in Erinnerungen. Ein Mittsommerfest in Schweden ist wirklich etwas ganz Besonderes. Die Menschen sind fröhlich, feiern und tanzen ausgelassen, die Hauseingänge und Autos werden festlich mit Birkenzweigen geschmückt und es gibt verschiedene Sorten Heringshappen mit Pellkartoffeln.

Julias Wahl für das erste Aquarell fällt schließlich auf das Bild eines roten Holzhauses auf einer Schäre im gleißenden Licht der Abendsonne.

Um eine gemütliche, entspannte Atmosphäre zu schaffen, dreht sie die Musik etwas lauter, so dass das Pfeifen des Windes übertönt wird. Da sie seit dem Mittag nichts zu essen gehabt hat, bereitet sie sich einen Teller mit verschiedenen kalten Lachshäppchen zu, von denen sie sich während des Malens bedienen kann und die sie an ihren Urlaub in Skandinavien erinnern.

Nach kurzer Zeit ist Julia völlig in ihre Arbeit versunken und vergisst alles um sich herum. Während sie malt und ab und zu einen Blick auf ihre Vorlage wirft, wandern ihre Gedanken immer wieder nach Schweden. Das hilft ihr, die besondere Stimmung, die sie dort erlebt hatten, auf ihr Aquarell zu übertragen.

Nach fast zwei Stunden ist das Bild fertig. Sie ist zufrieden mit ihrer Arbeit und wird gleich Montag einen passenden Rahmen dafür besorgen, um es im Wohnzimmer aufzuhängen.

Als sie sich auf ihrem Stuhl zurücklehnt merkt sie, wie verspannt sie ist. Sie dehnt ihre Nackenmuskeln und beschließt, ein heißes Bad zu nehmen. Während sie das Wasser in die Badewanne laufen lässt, zündet sie ein paar Kerzen an, stellt sie auf den Rand der Wanne, löscht das Licht und gießt sich ein Glas Sekt ein. Wie lange hatte sie das schon nicht mehr gemacht!

Eine halbe Stunde genießt sie mit geschlossenen Augen das heiße Bad, lauscht der Musik und trinkt den Sekt, bevor sie müde und zufrieden zu Bett geht.

Als das Handy klingelt zuckt Julia erschrocken zusammen. Es ist schon nach Mitternacht und sie hatte bereits geschlafen. Obwohl es in dringenden Fällen schon mal vorgekommen war, dass sie von einem Kollegen mitten in der Nacht angerufen wurde, ist es immer wieder ein Schock für sie, wenn sie zu solchen Uhrzeiten gestört wird.

Auf dem Display erkennt sie Alexanders Nummer. Das kann nichts Gutes bedeuten. Er würde sie an ihrem freien

Wochenende nicht stören, wenn es sich nicht um etwas wirklich Wichtiges handelte.

„Ja, was gibt´s?", meldet sie sich verschlafen und richtet sich im Bett auf.

„Es tut mir leid, dass ich dich geweckt habe. Wir haben einen Brand und die Feuerwehr hat einen Toten geborgen. Es kann gut sein, dass sich noch weitere Personen im Haus befinden. Ich hole dich in ungefähr zehn Minuten ab", entgegnet Alexander und hat bereits wieder aufgelegt, bevor sie noch etwas erwidern kann.

Solch eine knappe Anweisung ist typisch für Alexander. Er ist kein Freund langer Reden, sondern bringt die Sache immer direkt auf den Punkt. Auch wenn es ihm leid tut, dass er sie stören muss, es ändert schließlich nichts an der Tatsache.

Julia seufzt. Das freie Wochenende ist gelaufen, dabei hatte sie sich so sehr darauf gefreut. Aber das bringt ihr Beruf bei der Kriminalpolizei nun mal mit sich.

Schnell springt sie aus dem Bett und schlüpft in Jeans und Pulli, um Alexander nicht warten zu lassen.

Der Sturm hat nachgelassen, als die Kommissare zum Tatort außerhalb des Wiehler Ortszentrums fahren. Von Börnhausen sind es nur wenige Minuten, die sie zurückzulegen haben.

„Es tut mir leid, dass ich dich an deinem freien Wochenende angerufen habe. Aber Markus ist plötzlich krank geworden und liegt mit Fieber im Bett. Von allen, die ich sonst noch zu Hause hätte anrufen können, bist du diejenige, mit der ich den Fall am liebsten bearbeiten würde", entschuldigt sich Alexander.

„Ist schon gut. Ich hatte sowieso nichts geplant, außer die

Tage zu Hause zu verbringen und endlich mal wieder zu malen", erwidert Julia geschmeichelt. Seine Worte sagen ihr, dass er ihre Arbeit schätzt und das freut sie. Aber auch sie schätzt Alexander als Kollegen und arbeitet gern mit ihm zusammen. Sie ist zwar erst seit einigen Monaten bei der Kriminalpolizei in Gummersbach, aber in dieser Zeit hat sie festgestellt, dass sie sich jederzeit hundertprozentig auf ihn verlassen kann. Und das ist überaus wichtig in ihrem Beruf, bei dem sie manchmal in brenzlige Situationen geraten. Er ist besonnen, intelligent, hat einen scharfsinnigen Verstand und eine gute Beobachtungsgabe. Auch ist er ihr in den letzten Wochen zu einem guten Freund geworden. Wie sie ist er Mitte dreißig und ungebunden und so hatten sie öfter nach Dienstschluss etwas zusammen unternommen. Rein platonisch natürlich. Alles andere wäre bei der engen Zusammenarbeit auch nicht gut. Obwohl, bei seiner sympathischen und unkomplizierten Art und der sportlichen Erscheinung könnte sie schon mal schwach werden…

Schon von weitem sehen die Kommissare den Feuerschein, der sich gegen den sternenklaren Nachthimmel erhebt. Julia bekommt ein ungutes Gefühl in der Magengegend, denn sie weiß nicht genau, was sie erwarten wird. Der Kollege, der Alexander zuvor informiert hatte, sprach von einem Toten, den die Feuerwehr aus dem brennenden Haus geborgen hatte. Ob in der Zwischenzeit noch weitere Tote gefunden wurden, werden sie in wenigen Minuten erfahren.
Als sie das brennende Haus in der Forststraße in der Nähe der Wiehler Tropfsteinhöhle erreichen, überkommt Julia ein beklemmendes Gefühl. Unwillkürlich muss sie an ei-

nen ihrer letzten Einsätze in Köln denken. Ein Kollege war in ein brennendes Haus gerannt, um eine noch darin befindliche Person zu retten, obwohl es ihm die Feuerwehr wegen Einsturzgefahr strikt verboten hatte. Diese Unvernunft hatte er mit seinem Leben bezahlt. Während er sich noch im Gebäude befand, stürzte mit einem ohrenbetäubenden Krachen der Dachstuhl ein. Plötzlich steigen all die schrecklichen Bilder von damals wieder in ihr hoch. So etwas will sie auf keinen Fall noch einmal erleben. Energisch versucht sie die Gedanken daran zu verdrängen und sich auf das Hier und Jetzt zu konzentrieren.
Zögerlich folgt sie Alexander, der den Wagen am Straßenrand abstellt und jetzt unter dem Absperrband hindurch geht, um zu den Kollegen zu gelangen.
Das große Haus steht lichterloh in Flammen. Aus sämtlichen Fenstern schlagen Flammen, der Dachstuhl ist teilweise eingestürzt. Ein Blick genügt, um zu erkennen, dass es hier nichts mehr zu retten gibt. Zahlreiche Feuerwehrmänner versuchen das Feuer zu löschen und ein Übergreifen auf die Garage, die bisher noch nicht betroffen ist, zu verhindern. Ob dies gelingen würde, ist mehr als fraglich.
Julia und Alexander verschaffen sich erst einmal einen groben Überblick und sprechen zunächst mit dem Gerichtsmediziner, der gerade veranlasst, dass die Leiche in die Gerichtsmedizin gebracht wird.
„Wisst ihr schon, um wen es sich bei dem Toten handelt?", fragt Alexander, nachdem sie die Kollegen begrüßt haben.
„Ja, es ist Kurt Storm, der Eigentümer des Hauses. Wie es scheint, hat er sich als Einziger im Gebäude aufgehalten, als das Feuer ausbrach. Eine Nachbarin hat gesagt, dass seine Frau übers Wochenende ihre Familie in Frankfurt besucht", berichtet der Gerichtsmediziner.

„Wenn man im Schlaf vom Feuer überrascht wird, hat man kaum eine Chance. Wahrscheinlich hat er nicht einmal etwas gemerkt", sagt Julia nachdenklich und starrt betroffen auf das brennende Haus.

„Im Prinzip hast du recht, aber der Mann ist weder an einer Rauchvergiftung noch an seinen Brandverletzungen gestorben", erklärt der Gerichtsmediziner, woraufhin ihn die Kommissare erstaunt ansehen.

„Sondern?", fragt Alexander überrascht.

„An Stichverletzungen in und ums Herz. Wir haben es mit Mord zu tun." Der Gerichtsmediziner führt die Kommissare zur Leiche und zieht die Plane, mit der sie bereits abgedeckt war, herunter. „Die Feuerwehrmänner haben ihn im Wohnzimmer im Untergeschoss entdeckt."

Beim Anblick der schrecklich zugerichteten Leiche wird Julia übel. Der Mörder muss eine furchtbare Wut auf sein Opfer gehabt haben, denn er hatte unzählige Male auf Kurt Storm eingestochen. Zudem weist sein Körper schwere Brandverletzungen auf.

„Wie lange ist er schon tot?", will Alexander wissen und blickt entsetzt auf den Leichnam.

„Der Tod ist ungefähr vor vier bis fünf Stunden eingetreten. Er war schätzungsweise bereits nach ein paar Stichen tot."

„Das bedeutet also, dass das Feuer nicht unmittelbar nach der Tat, sondern wesentlich später ausgebrochen ist. Nach vier Stunden wäre das Haus schon bis auf die Grundmauern niedergebrannt gewesen", überlegt Alexander. „Entweder hat der Täter sich noch einige Zeit nach dem Mord im Haus aufgehalten und es später in Brand gesetzt oder aber er ist noch einmal zurückgekommen."

„Es könnte aber auch sein, dass er etwas im Haus platziert

hat, das sich später selbst entzündet hat. Oder es handelt sich bei Mörder und Brandstifter um zwei unterschiedliche Personen", fügt Julia hinzu.

„Das wäre auch möglich. Womit wurde er erstochen?", fragt Alexander, kniet nieder und betrachtet die Einstichstellen aus der Nähe.

„Es muss ein Messer mit einer breiten Klinge gewesen sein. Vielleicht ein Fleischmesser. Wir nehmen ihn jetzt mit in die Gerichtsmedizin zur weiteren Untersuchung. Danach können wir hoffentlich mehr sagen", erklärt der Gerichtsmediziner und gibt seinen Mitarbeitern Zeichen, die Leiche abzutransportieren.

„Wann können wir mit einem ersten Bericht rechnen?", will Julia wissen.

Der Gerichtsmediziner schaut auf die Uhr. „Ich denke so gegen acht oder neun Uhr habt ihr die ersten Ergebnisse vorliegen", verspricht dieser und verabschiedet sich.

Mittlerweile sind auch die Kollegen der Spurensicherung eingetroffen. Sie beginnen, das Grundstück um das Haus herum nach Spuren abzusuchen und werden, nachdem das Feuer gelöscht ist, auch die Trümmer nach möglichen Hinweisen auf den Täter untersuchen.

„Wir gehen zum jetzigen Zeitpunkt davon aus, dass Kurt Storm der Einzige im Haus war", informiert Julia Marcel Rieger, den Leiter der Spurensicherung. „Nach Aussage einer Nachbarin ist seine Frau übers Wochenende verreist und es gibt bisher keinen Hinweis darauf, dass er Besuch hatte. Allerdings konnten die Feuerwehrmänner nur in zwei Räume des Untergeschosses vordringen, bevor sie umkehren mussten, weil es zu gefährlich für sie wurde."

„Steckte die Tatwaffe noch im Körper des Toten?", fragt Marcel.

Julia schüttelt den Kopf. „Nein. Sie wurde auch bislang noch nirgendwo entdeckt. Der Gerichtsmediziner vermutet, dass es sich um ein Fleischmesser handelt."
„Gut. Dann werden wir uns jetzt zunächst auf dem Grundstück umsehen und es nach der Tatwaffe und anderen Hinweisen absuchen. Sobald das Feuer gelöscht ist, suchen wir in den Überresten weiter. Ich habe aber wenig Hoffnung, dass wir dort etwas Verwertbares finden werden", erklärt Marcel und schaut mit zweifelndem Blick auf das brennende Haus.

Trotz der nächtlichen Stunde haben sich zahlreiche Schaulustige hinter dem Absperrband versammelt. Mehrere junge Leute, wahrscheinlich allesamt Heimfahrer aus einer der umliegenden Diskotheken, ein älterer Mann mit einer Zigarre in der Hand und ein älteres Ehepaar beobachten die Löscharbeiten.
„Ich werde die Leute befragen. Vielleicht hat von ihnen jemand etwas gesehen, das uns weiterhilft", entscheidet Julia und ist froh, für einen Moment von dem brennenden Gebäude wegzukommen.
Alexander nickt. „Ich spreche derweil mit der Feuerwehr."
Einer der jungen Leute hatte vom Handy aus die Feuerwehr gerufen. Sie hatten den Abend in Gummersbach im Kino verbracht und auf dem Rückweg nach Bierenbachtal den Feuerschein von der Homburger Straße aus gesehen. Eine verdächtige Person oder ein verdächtiges Fahrzeug hatten sie allerdings nicht bemerkt.
„Und Sie?" Julia wendet sich dem älteren Herrn mit der Zigarre in der Hand zu. „Sind Sie auch zufällig hier vorbeigekommen?"
Der Mann sieht sie grimmig an. „Nein, ich bin der Nach-

bar. Ich wohne im Haus auf der linken Seite."
Julia tritt einen Schritt zurück, denn der Mann hat eine Fahne, als hätte er zwei Flaschen Whisky vernichtet.
„Wann haben Sie bemerkt, dass es nebenan brennt?"
„Ich bin früh zu Bett gegangen und habe tief und fest geschlafen. Erst als ich die Sirenen gehört habe, bin ich wieder wach geworden."
Das kann ich mir gut vorstellen! Bei der Fahne, die du hast, warst du bestimmt schon früh abgefüllt und hast nichts mehr um dich herum mitbekommen, denkt sich Julia.
„Haben Sie vielleicht am Nachmittag oder frühen Abend irgendeine verdächtige Person in der Nachbarschaft bemerkt? Oder ein fremdes Auto, das hier geparkt war? Das kann auch in den letzten Tagen gewesen sein."
Der Mann sieht sie aufmerksam an. „Wieso? Meinen Sie etwa, dass es Brandstiftung war?"
„Ihr Nachbar wurde ermordet. Es ist also davon auszugehen, dass das Haus nach der Tat angezündet wurde."
„Ach wirklich?" Der Mann tut unbeteiligt und steckt sich eine neue Zigarre an, die er aus der Jackentasche hervor holt. Den Rest von der alten hatte er kurz zuvor auf den Boden geworfen und ausgetreten.
„Es scheint Ihnen ja nicht besonders nahe zu gehen, dass hier gerade ihr Nachbar sein Leben verloren hat", stellt Julia fest.
Er zuckt gleichgültig mit den Achseln. „Wir haben uns nicht besonders gut verstanden", entgegnet er knapp und pustet kleine Rauchwölkchen in die Luft.
Julia seufzt. „Haben Sie nun etwas bemerkt, ja oder nein?"
„Nein", lautet seine knappe Antwort.
„Wissen Sie, ob sich außer ihm noch jemand im Hause

aufgehalten hat?"

„Seine Frau ist übers Wochenende zu ihrer Familie nach Frankfurt gefahren."

„Kennen Sie die Adresse?"

„Nein." Der alte Mann scheint von ihren Fragen genervt zu sein.

Die Adresse würden sie anderweitig herausfinden.

„Wohnte sonst noch jemand außer den Eheleuten dort?"

„Nein. Sein einziger Sohn ist schon vor längerer Zeit ausgezogen."

Nachdem Julia seine Personalien aufgenommen und sich für seine Auskünfte bedankt hat, wendet sie sich dem älteren Ehepaar zu.

„Sie sind auch Nachbarn?", vermutet Julia, als sie das Ehepaar in ihren Morgenmänteln betrachtet.

„Ja, wir wohnen auf der rechten Seite", entgegnet der Mann ohne Julia dabei anzusehen.

„Haben Sie gestern oder in den letzten Tagen etwas Verdächtiges bemerkt? Eine fremde Person, die sich in der Nähe des Grundstücks aufgehalten hat, oder ein unbekanntes Fahrzeug?"

Der Mann schüttelt den Kopf. „Nein, nichts dergleichen. Komm Martha, wir gehen, sonst riechen unsere Morgenmäntel zu stark nach Rauch."

Ohne Julia anzusehen wenden sich die beiden zum Gehen und lassen eine verdutzte Kommissarin zurück. Solch ein Desinteresse am Tod eines Menschen hatte sie in ihren Dienstjahren bei der Polizei noch nicht erlebt.

„Wir können davon ausgehen, dass sich außer Kurt Storm tatsächlich niemand im Haus aufhielt", berichtet die Kommissarin, als sie zu den Kollegen zurückkehrt. „Seine Frau ist - wie wir schon wussten - übers Wochenende zu ihren Verwandten nach Frankfurt gefahren. Der Sohn des Toten wohnte nicht mehr hier. Ich versuche die Adresse der Angehörigen herauszufinden und werde die Frau und den Sohn verständigen."

„Marcel hat einen Hund entdeckt. Er hatte sich unter einem Strauch verkrochen und zitterte wie Espenlaub", sagt Alexander. „Wahrscheinlich gehört er den Storms. Die Spusi kümmert sich um ihn, bis der Sohn oder die Witwe hier eintreffen."

Kurz nach drei Uhr ist das Feuer endlich vollständig gelöscht. Das prächtige Haus ist bis auf die Grundmauern niedergebrannt. Während die Spurensicherung vor Ort bleibt, um in den Trümmern nach Hinweisen auf den Mörder zu suchen und die Ursache des danach entstandenen Feuers herauszufinden, fahren die Kommissare nach Hause, um noch ein paar Stunden zu schlafen. Am Vormittag würden sie damit beginnen, die übrigen Nachbarn zu befragen.

4

Der junge Mann im teuren, anthrazitfarbenen Anzug betrachtet nachdenklich das Glas in seiner Hand und dreht es dabei langsam im Kreis herum, so dass sich die braune Flüssigkeit darin ebenfalls im Kreis bewegt; minutenlang, wieder und wieder, bevor er den Inhalt in einem Zug hinunterkippt.

Der wievielte Whisky es ist, kann er nicht einmal mehr sagen, irgendwann hatte er einfach aufgehört zu zählen. Es ist ihm auch vollkommen egal, denn einer mehr oder weniger macht in seinem Zustand sowieso keinen Unterschied.

Seit wann er in der Bar dieses Wiehler Hotels sitzt, den Kopf in die linke Hand gelegt und den linken Ellenbogen auf die Theke gestützt und in zusammengesackter Haltung vor sich hinstarrt, weiß er auch nicht mehr. Während er seinen trübsinnigen Gedanken nachhängt und sich hemmungslos betrinkt, hat er jegliches Zeitgefühl verloren.

Vor einer Weile hatte er die Martinshörner von Feuerwehr, Krankenwagen und Polizei gehört. Mehrere Einsatzfahrzeuge waren mit hoher Geschwindigkeit durch Wiehl gefahren und anschließend den Berg hinauf Richtung Hübender. Ein Haus in der Forststraße brennt, hatte er einen Mann aus der Gruppe, die neben ihm an der Theke stehen, sagen hören. Daraufhin war dieser gegangen, vermutlich ist er bei der freiwilligen Feuerwehr.

Während die Menschen um ihn herum fröhlich sind, ihren Feierabend mit der Aussicht auf die vor ihnen liegenden zwei freien Tage genießen, sich unterhalten und Spaß haben, fühlt sich der junge Mann hundsmiserabel, was ihm

deutlich anzusehen ist. Sein Blick ist wirr, seine Haltung kraftlos.
Unentwegt grübelt er darüber nach, ob das, was er getan hat, richtig ist. Einerseits ist er sich dessen sicher, andererseits quält ihn sein schlechtes Gewissen. Immer wieder stellt er sich dieselben zermürbenden Fragen. Hätte er vielleicht doch noch einmal ein Gespräch mit ihm suchen sollen? Oder wäre es besser gewesen, mit seinen Informationen zur Polizei zu gehen? Aber er kann diese Fragen nicht beantworten, weder in diesem Zustand noch in nüchternem.

Schließlich verlangt die Natur ihr Recht. Der Alkohol, den er seit Stunden in sich hineinschüttet, muss wieder hinaus. Abrupt steht er auf, so dass der Barhocker mit einem Poltern umfällt. Einige der anderen Gäste schauen sich erschrocken um. Ohne sich darum zu kümmern, bahnt er sich schwankend einen Weg zur Toilette. Nachdem er versehentlich die Damentoilette betritt, wo er von zwei schimpfenden jungen Frauen hinausgeworfen wird, findet er doch noch die Herrentoilette, um sich zu erleichtern.
Als er anschließend die Hände wäscht, betrachtet er sich im Spiegel. Er erschrickt. Es blickt ihm ein zerknittertes Gesicht entgegen, umrahmt von Haaren, die wirr in alle Himmelsrichtungen abstehen. Der oberste Knopf seines weißen Seidenhemdes ist offen, die teure Krawatte sitzt locker und hängt schief herunter. Unter den geröteten Augen zeichnen sich dunkle Ringe ab. Ein jämmerlicher Anblick, wo er doch sonst immer sehr viel Wert auf ein gepflegtes äußeres Erscheinungsbild legt.
Der junge Mann hält sich am Waschbecken fest und bewegt den Kopf, in dem sich alles dreht, noch näher an den

Spiegel heran. Als er sich dann – soweit es in seinem angetrunkenen Zustand möglich ist – direkt in die Augen sieht, schämt er sich. Er schämt sich für seine desolate Verfassung, nicht für das, was er getan hat, denn urplötzlich ist sein schlechtes Gewissen wie weggeblasen und er bereut gar nichts mehr. Sein Verhalten ist richtig gewesen. Punkt!
Schließlich wendet er angewidert den Blick von seinem Spiegelbild ab und kehrt zurück in die Bar.
„Noch einen Whisky, aber einen doppelten", ruft er dem Barkeeper zu, während er versucht, auf den Barhocker, den in der Zwischenzeit jemand wieder aufgestellt hat, hinaufzuklettern. Als er sein rechtes Bein über den Hocker schwingt, stößt er gegen die Sitzfläche und der Stuhl fällt erneut mit lautem Gepolter zu Boden.
Schwankend geht er in die Knie, um ihn wieder aufzuheben.
Da greift jemand grob seinen Arm und zerrt ihn hoch.
„Ich glaube, du gehst jetzt besser nach Hause", sagt der Barkeeper und reicht ihm seine Aktentasche, die er zu Beginn des Abends gegen die Theke gelehnt hatte.
„Ich will aber nicht nach Hause, ich will noch einen Whisky", entgegnet der junge Mann barsch und taumelt einen Schritt nach hinten.
„Du hast schon mehr als genug getrunken. Du zahlst deine Rechnung und dann rufe ich dir ein Taxi", bestimmt der Barkeeper in einem Ton, der keinen Widerspruch duldet.
„Ich will nicht nach Hause, kapiert!" Wütend befreit sich der Mann aus dem eisernen Griff des Barkeepers.
„Gut. Wenn du Schwierigkeiten machst, rufe ich eben die Polizei." Der Barkeeper dreht sich auf dem Absatz um und geht hinter die Theke.
Diese Drohung erreicht prompt das gewünschte Ziel.

„Okay, schon gut. Ich gehe", entgegnet er resigniert. Die Polizei ist das Letzte, was er jetzt gebrauchen kann.

Aus der Innentasche der Anzugsjacke zieht er seine Brieftasche. Er nimmt ein paar Scheine heraus und knallt hundert Euro auf die Theke. „Ist das genug?", fragt er missmutig und muss sich erneut festhalten, da er plötzlich das Gleichgewicht verliert.

„Das ist zu viel, du bekommst noch etwas zurück."

„Vergiss es."

„Danke."

„Ruf mir ein Taxi."

Zu Hause in Drabenderhöhe hilft ihm der Taxifahrer bis in den zweiten Stock des Mehrfamilienhauses. Der junge Mann schafft es nur mit großer Mühe, den Schlüssel in das Schlüsselloch zu bugsieren. Er schwankt, stochert herum, dann springt die Tür auf. Er torkelt in den Flur, wirft Aktentasche und Schuhe in eine Ecke, reißt seine Krawatte vom Hals. Dann stellt er sich mitsamt dem teuren Anzug unter die Dusche. Er schließt die Augen und lässt einige Minuten den kalten Wasserstrahl direkt auf sein Gesicht prasseln. Danach ist sein Kopf vollkommen leer.

Als er aus der Dusche steigt, kann er ein wenig klarer denken. Er zieht den nassen Anzug aus und einen Pyjama an. Erschrocken über sich selbst, sinkt er im Schlafzimmer auf sein Bett nieder und vergräbt das Gesicht in beiden Händen.

Noch nie hatte er, der sonst so diszipliniert ist, sich derart gehen lassen und in aller Öffentlichkeit betrunken. Hoffentlich hatte ihn kein Bekannter in diesem Zustand gesehen, denn das könnte er nur schwer ertragen.

Er war stolz darauf, ein friedlicher Mensch zu sein. Ein Mensch, der sich beherrschen konnte. Woher nur kam diese Maßlosigkeit, dieser Hass? Kurt Storm, er hatte ihn durchschaut, das war der Auslöser.

5

Am nächsten Morgen sitzt Anna-Maria hinter dem Wohnzimmerfenster und blickt starr auf die gegenüberliegende Straßenseite. Die Spurensicherung hat dort vor Stunden ihre Arbeit aufgenommen. Männer in weißen Anzügen drehen jedes Trümmerteil um, schießen Fotos und verpacken Beweisstücke in Plastiktüten.

In ihren Händen hält Anna-Maria ein Foto, das sie und Christian auf dem Stadtfest in Wiehl zeigt. Mit ihren Gedanken ist sie wie so oft an dem Abend vor dem Unfall. Er hatte sich mit jedem Detail in ihr Gedächtnis gebrannt.

Der klirrend kalte Winterabend war sternenklar. Der hoch am Himmel stehende Vollmond ließ die tief verschneite Winterlandschaft heller als sonst erstrahlen, der weiße Rauch aus den Schornsteinen der Häuser stieg kerzengrade empor. Die Geschwister Solveig und Morten, Christian und sie unternahmen einen Spaziergang durch den verschneiten Ortskern von Nümbrecht, schlenderten an schmucken alten Fachwerkhäusern, den liebevoll gestalteten Schaufenstern der Geschäfte, der Kirche und den Restaurants vorbei. Anschließend bauten sie einen großen Schneemann vor dem Haus von Solveigs und Mortens Eltern und dekorierten ihn mit Schal, einer Mohrrübe als Nase, sowie Augen und Mund aus Kohlestücken. Sie hatten viel Spaß dabei, waren fröhlich. Später aßen sie im Kaminzimmer der Larssens Raclette. Auf dem Weg nach Hause kam ihnen dann das Auto auf ihrer Straßenseite entgegen…

Anna-Maria seufzt und schaut auf den goldenen Ring an ihrem linken Ringfinger. Es ist ein wunderschön geschliffener Freundschaftsring mit einem kleinen Diamanten, den ihr Christian zu ihrem ersten Jahrestag geschenkt hat.

Christian und sie hatten sich auf der Geburtstagsfeier ihres ein Jahr älteren Bruders Andreas kennengelernt, die ausgerechnet an dem Abend stattfand, als sie nach einer sechswöchigen Sprachreise aus Kanada zurückgekehrt war. Eigentlich wollte sie damals sofort nach ihrer Ankunft ins Bett gehen, weil sie von dem langen Flug und der Zeitumstellung müde war, doch dann kam alles anders.
Während ihrer Abwesenheit war Christian mit seinen Eltern ins Nachbarhaus gezogen und spielte zusammen mit Andreas in einer Fußballmannschaft. Die beiden hatten sich auf Anhieb gut verstanden und waren seitdem befreundet. Deshalb ließ Andreas sie auch gar nicht erst auf ihr Zimmer gehen, sondern stellte die beiden direkt einander vor. Beim Anblick des smarten, dunkelblonden Christian mit den strahlend blauen Augen war ihre Müdigkeit augenblicklich verflogen. Sie redeten bis in die frühen Morgenstunden. Seit dieser Feier waren sie beide unzertrennlich und nicht länger als zwei Tage voneinander getrennt gewesen. Sie verbrachten eine wunderschöne Zeit, denn sie erkannten schnell, dass sie die gleichen Interessen hatten und schmiedeten bereits nach wenigen Monaten Pläne für eine gemeinsame Zukunft. Christian wollte nach dem Abitur Journalismus studieren, sie eine Ausbildung zur Fotografin machen, um nachher gemeinsam als Reisejournalisten durch die Welt zu ziehen und Bildbände zu erstellen, die dann in dem kleinen Verlag ihres Onkels veröffentlicht werden sollten. Sogar die Reihenfolge der Län-

der, die sie als erstes besuchen wollten, stand schon fest: zuerst Alaska, dann Kanada und schließlich Grönland. Im Anschluss daran wollten sie sich einige Monate in das Ferienhaus seiner Eltern auf Fehmarn zurückziehen, um in Ruhe ihre Bücher fertigzustellen.
Über den Hochzeitstermin hatten sie auch bereits gesprochen. Er sollte zwischen dem Abschluss des Studiums und dem Beginn der ersten Reise liegen, so dass sie ihre Bücher bereits als Anna-Maria und Christian Wandt veröffentlichen konnten. Die Pläne für ihre gemeinsame Zukunft waren so konkret und wunderbar, dass sie von vielen ihrer Mitschüler und Freunde, die noch keine Vorstellung davon hatten, in welche Richtung es für sie nach dem Abitur gehen sollte, beneidet wurden.

Bei dem Gedanken an den Moment, als sie im Krankenhaus aufgewacht war, steigen Anna-Maria die Tränen in die Augen.
Mühsam versuchte sie die Augen zu öffnen. Ein regelmäßiges, durchdringendes Piepsen drang tief in ihr Unterbewusstsein vor. Ihre Augenlider waren schwer wie Blei und es dauerte eine ganze Weile, bis es ihr gelang, die Augen offen zu halten. Ihr Kopf schmerzte, als hätte jemand mit einem Hammer darauf geschlagen und jede auch noch so kleine Bewegung machte es nur noch schlimmer. Sie lag in einem Bett in einem weißen Raum, der durch grelles Neonlicht erhellt wurde. Wie durch einen Schleier hindurch erkannte sie links und rechts neben ihrem Bett Geräte, von denen eines das schrille Piepsen verursachte. In einer Ecke des Zimmers standen ein Mann in einem weißen Kittel und eine Frau, ebenfalls in weiß gekleidet, die ihr den Rücken zudrehten. Erst nach und nach realisierte sie, dass es sich

um einen Arzt und eine Krankenschwester handelte und sie sich in einem Krankenhaus befand. Auf dem rechten Handrücken hatten sie ihr einen Zugang gelegt, über den sie eine Infusion verabreicht bekam, während sie durch einen Schlauch in der Nase Sauerstoff erhielt.
Sie erschrak. Warum war sie im Krankenhaus? Was war passiert und wie lange lag sie schon hier?
Fieberhaft überlegte sie, doch es brauchte einige Zeit, bis sie einen klaren Gedanken fassen konnte. Nur ganz allmählich kehrte die Erinnerung zurück. Christian und sie hatten einen Autounfall gehabt. Ein anderer Wagen war ihnen auf ihrer Fahrbahnseite entgegengekommen, und als Christian versucht hatte auszuweichen, war ihr Sportwagen von der Straße abgekommen und in ein Waldstück gerast.
Plötzlich war sie hellwach. „Wo ist Christian? Wie geht es ihm? Kann ich ihn sehen?"
„Frau Hever, Sie müssen sich beruhigen!", sagte der Arzt, der sofort an ihr Bett eilte und der Krankenschwester ein Zeichen gab, die ihr daraufhin ein Medikament in den Zugang auf der rechten Hand spritzte.
Wie sollte sie sich beruhigen, wenn sie nicht wusste, was bei dem Unfall mit Christian geschehen war?
„Wo ist mein Freund?", fragte sie mit Nachdruck und versuchte verzweifelt sich aufzurichten. Doch dann machte sie eine fürchterliche Feststellung, die ihr das Blut in den Adern gefrieren ließ. Ihr stockte der Atem. Die Angst durchzuckte sie wie ein Blitz und schnürte ihr beinahe die Kehle zu.
„Meine Beine! Was ist mit meinen Beinen? Ich kann sie nicht bewegen!", schrie sie panisch. Immer wieder versuchte sie ihre Beine zu bewegen. Vergeblich. Sie spürte nichts.

Die Miene des Arztes war ernst, als er sich auf den Hocker neben ihrem Bett setzte. „Sie haben sich bei einem schweren Autounfall zwei Rückenwirbel gebrochen. Wir werden Sie jetzt gleich operieren und..."
Anna-Maria wurde heiß und kalt zugleich, ihre Brust schmerzte. Sie rang nach Luft. Zwei Rückenwirbel gebrochen! Sie wusste, was das im schlimmsten Fall bedeuten konnte! Querschnittslähmung. Ein Leben im Rollstuhl.
„Werde ich wieder laufen können?", fragte sie mit zitternder Stimme und sah den Arzt angstvoll an.
Die Schwester machte ein betretenes Gesicht und schaute ebenfalls den Arzt an. Dieser schwieg und senkte den Kopf.
„Werde ich wieder laufen können?", fragte sie mit Nachdruck. „Ich will eine ehrliche Antwort! Bitte sagen Sie mir die Wahrheit!"
„Das können wir zum jetzigen Zeitpunkt noch nicht sagen", erwiderte der Arzt leise. „Aber wir werden alles in unserer Macht stehende tun, das verspreche ich Ihnen."

Anna-Marias Brustkorb zieht sich zusammen. Ihr Puls rast, Schweiß steht auf ihrer Stirn. Als eine junge Frau die Treppe zur Haustür hinaufkommt, wendet sie den Rollstuhl und fährt zurück in ihr Zimmer.

6

„Ja bitte?" Die Frau mit den blonden, halblangen Haaren ist erstaunt, als Julia am frühen Morgen vor ihrer Haustür steht. Sie mochte vielleicht Mitte vierzig sein, doch ihr ernster, verbittert wirkender Gesichtsausdruck ließ sie um einiges älter erscheinen. Die dunkelgraue Hose und der schwarze Pullover unterstreichen diesen Eindruck.
„Sind Sie Birgit Hever?", fragt Julia und zieht ihre Handschuhe aus, um ihren Dienstausweis aus der Jackentasche zu ziehen.
„Ja, die bin ich. Worum geht es?" Die Frau betrachtet Julia skeptisch, nachdem sie sich den Dienstausweis ganz genau angesehen hat.
„Um Ihren Nachbarn Kurt Storm. Darf ich bitte kurz herein kommen?"
Birgit Hever tritt zögerlich zur Seite, lässt Julia eintreten und bietet ihr im geräumigen Wohnzimmer vor dem Kamin, in dem das Feuer knistert, Platz an.
Julia wirft einen flüchtigen Blick auf die Fotos, die auf dem Kaminsims stehen. Auf den Familienfotos ist die Frau mit ihrem Mann und zwei Kindern – einem Mädchen und einem Jungen – zu sehen. Auf einigen sind die Kinder noch klein, auf anderen schon im Teenageralter. Ganz außen steht ein Foto, auf dem die Tochter Arm in Arm mit einem anderen jungen Mann abgebildet ist. Julia vermutet, dass es sich um ihren Freund handelt.
Um nicht zu neugierig zu wirken, kommt die Kommissarin direkt zum Anlass ihres Besuches. „Wie Sie ja mitbekommen haben, ist diese Nacht das Haus der Storms abge-

brannt."

„Ja, wir haben die Feuerwehrsirene gehört", erwidert Birgit Hever knapp und blickt zu Boden, während sie mit dem rechten Fuß das Muster des Teppichs nachzeichnet.

„Ich gehe davon aus, Ihnen ist auch bekannt, dass Kurt Storm tot ist."

„Ja. Wir haben gesehen, wie Feuerwehrleute ihn aus dem Haus geholt haben", bestätigt Birgit Hever ebenfalls und sieht nach wie vor vollkommen unbeteiligt zu Boden.

„Er ist allerdings nicht durch den Brand ums Leben gekommen, sondern wurde ermordet." Bei dieser Aussage muss sie aufsehen, denkt Julia. Doch sie täuscht sich.

„Ach wirklich?", fragt Birgit Hever teilnahmslos. Sie scheint weder besonders bestürzt noch allzu erstaunt darüber zu sein und hält es nicht einmal für nötig, den Kopf zu heben.

Warum um alles in der Welt reagiert sie derart gleichgültig? Julia holt vor ihrer nächsten Frage tief Luft. „Haben Sie letzte Nacht irgendwelche verdächtigen Geräusche gehört?"

„Nein, wir haben geschlafen."

„Ist Ihnen gestern Abend oder in den letzten Tagen etwas Verdächtiges aufgefallen? Vielleicht eine unbekannte Person, die sich auf dem Grundstück der Storms herumgetrieben oder sich öfter in der Nähe aufgehalten hat? Oder aber ein fremdes Auto mit auswärtigem Kennzeichen, das hier an ungewöhnlichen Orten geparkt wurde?"

Ohne auch nur einen Augenblick lang darüber nachzudenken, schüttelt Birgit Hever den Kopf. „Nein, nichts dergleichen." Sie scheint genervt zu sein, dass die Kommissarin ihr die Zeit stiehlt.

Julia betrachtet ihr Gegenüber aufmerksam und wundert

sich immer mehr. Selbst wenn die Storms und die Hevers kein gutes Verhältnis hatten, so gefühllos und kalt kann ein Mensch doch nicht sein. Ein „Das ist ja furchtbar" oder „Um Gottes willen" hätte sie schon erwartet.
„Sagen Sie, sind Sie eigentlich kein bisschen betroffen über den Tod Ihres Nachbarn? Ich habe den Eindruck, es scheint Ihnen völlig egal zu sein, was passiert ist", fragt Julia schließlich gereizt.
Plötzlich verwandelt sich Birgit Hevers teilnahmsloser Gesichtsausdruck in alle Anzeichen jähen Zorns. Zum ersten Mal sieht sie die Kommissarin mit funkelnden Augen an.
„Diese Frage ist doch wohl nicht Ihr Ernst?", geht sie Julia unvermittelt an. Diese ist sich keiner Schuld bewusst und fährt erschrocken zusammen. Sie fragt sich, in welches Wespennest sie gerade gestochen hat.
„Entschuldigen Sie, aber es war eine ernst gemeinte Frage", entgegnet Julia resolut, denn sie darf sich bei der Befragung nicht einschüchtern lassen. „Ich weiß nicht, warum Sie so ungehalten reagieren."
„Dann haben Sie also wirklich keine Ahnung!?" Birgit Hevers Stimme wird eine Spur freundlicher und es scheint, als ob sie innerlich mit sich kämpft. Eine Weile schweigt sie, dann ballt sie die Fäuste, bevor sie zu reden beginnt. „Niemand in diesem Haus ist traurig darüber, dass dieser Dreckskerl tot ist. Im Gegenteil. Wenn Sie aber jetzt glauben, dass jemand von uns ihn getötet hat, liegen Sie falsch. Wir waren es nicht. Wir waren gestern Abend von siebzehn Uhr an alle zu Hause und sind auch alle um zweiundzwanzig Uhr dreißig zu Bett gegangen."
Ihre Stimme klingt hart und bestimmt.
„Was ist denn vorgefallen, dass Sie derart schlecht über

Ihren Nachbarn reden?" Mit diesem Gefühlsausbruch macht sich Birgit Hever unweigerlich verdächtig und ein Alibi eines Familienangehörigen wäre in dieser Situation nicht allzu hoch zu bewerten.
Die Frau blickt wieder starr zu Boden. Einige Sekunden, die Julia endlos lang vorkommen, zögert sie und atmet tief durch, bevor sie endlich leise zu erzählen beginnt.
„Sehen Sie die Bilder dort auf dem Kaminsims?" Sie deutet auf die Fotos, die Julia vorhin schon aufgefallen waren. „Das sind Aufnahmen meiner Familie aus längst vergangenen glücklichen Tagen: mein Mann Thomas, mein Sohn Andreas und meine Tochter Anna-Maria. Im Winter vor rund zwanzig Monaten sind Anna-Maria und ihr Freund Christian abends bei Freunden in Nümbrecht zum Essen eingeladen gewesen. Auf dem Rückweg ist den beiden in Höhe von Schloss Homburg ein Geländewagen auf ihrer Fahrbahnseite entgegengekommen und als Christian versucht hat dem Auto auszuweichen, ist ihr Wagen von der Straße abgekommen, in ein Waldstück gerast und frontal gegen einen Baum geprallt. Christian ist noch an der Unfallstelle verstorben. Der Unfallverursacher ist weitergefahren."
Julia schluckt. Dass die Tochter von solch einem schrecklichen Unfall betroffen war, hat sie nicht gewusst, schließlich hatte sie zu diesem Zeitpunkt noch nicht im Oberbergischen gewohnt und gearbeitet. Die Kommissarin ist entsetzt.
„Das tut mir leid. Dieser tragische Unglücksfall ist mir nicht bekannt. Ich bin erst seit einem halben Jahr bei der Kriminalpolizei in Gummersbach beschäftigt. Wie hat Ihre Tochter den Unfall überstanden?"
Birgit Hever sieht die Kommissarin sekundenlang mit ver-

steinerter Miene an, so dass Julia unsicher ist, wie sie sich verhalten soll. Schließlich deutet die Frau nach rechts. Julia, der dieser Blick durch und durch geht, dreht mit einem mulmigen Gefühl in der Magengegend den Kopf zur Seite und erschrickt.

Ohne dass sie es bemerkt hatte, war im Türrahmen eine junge Frau, schätzungsweise um die achtzehn, aufgetaucht. Zweifelsohne handelt es sich um Anna-Maria, das Mädchen von den Familienfotos. Ihre langen schwarzen Haare rahmen ein hübsches Gesicht ein und bilden einen wunderbaren Kontrast zu den grünen Augen, doch trotzdem erschaudert Julia bei ihrem Anblick, denn die zierliche Person sitzt im Rollstuhl. Der traurige Zug um ihren Mund und der verbitterte Gesichtsausdruck lassen darauf schließen, dass sie in ihrem kurzen Leben schon einiges durchgemacht hat. Julia würde am liebsten davonlaufen, doch das kann sie nicht.

„Das ist Anna-Maria. Sie sitzt seit dem Autounfall, den Kurt Storm verursacht hat, im Rollstuhl. Dabei ist sie gerade einmal zwanzig", stellt Birgit Hever ihre Tochter vor. „Seitdem spricht sie kaum noch und verlässt auch nicht mehr das Haus", fügt sie leise hinzu, so dass nur Julia es hören kann.

Anna-Maria zögert einen Augenblick und verharrt unschlüssig im Türrahmen, doch dann kommt sie näher, stellt sich mit ihrem Rollstuhl neben die Kommissarin und schaut Julia direkt in die Augen. Unwillkürlich fühlt sich Julia schlecht, weil sie in ihrem bisherigen Leben so viel Glück gehabt hat.

„Endlich hat dieser Mistkerl seine gerechte Strafe bekommen", sagt Anna-Maria hasserfüllt. Ihre Augen funkeln böse und das, was sie sagt, kommt aus tiefster Seele, das

spürt die Kommissarin.
Julia fühlt sich hundsmiserabel. Es ist, als ob sich ihr Brustkorb zusammenzieht und ihr die Luft zum Atmen genommen wird. Sie hat selten so viel Wut, solch unbändigen Hass in den Augen eines so jungen Menschen gesehen. Die Kommissarin hat einen dicken Kloß im Hals, als sie versucht, die gereizte Situation etwas zu entschärfen, und – ohne genau über den Fall Bescheid zu wissen – vermutet, dass Kurt Storm dafür zur Rechenschaft gezogen worden sei. Doch damit sticht sie noch tiefer ins Wespennest hinein.
Anna-Maria lacht bitter. „Das denken Sie. Aber Menschen wie er stehlen sich immer aus ihrer Verantwortung. Ich weiß genau, dass er es war, der uns mit seinem Wagen auf unserer Straßenseite entgegengekommen ist. Kurz bevor wir von der Straße abgekommen sind, konnte ich sein Auto und auch ihn hinter dem Steuer erkennen, weil er die Innenbeleuchtung eingeschaltet hatte und telefonierte. Das habe ich in der Verhandlung auch ausgesagt." Plötzlich steigen ihr die Tränen in die Augen und sie sucht in ihrer Hosentasche nach einem Taschentuch. Mit zitternden Händen wischt sie sich die Tränen ab, bevor sie weiter spricht. „Ich kann mich noch genau daran erinnern, was dann passiert ist. Kurt Storm brachte vier seiner Geschäftsfreunde als Zeugen bei, die ausgesagt haben, dass er zum Zeitpunkt des Unfalls mit ihnen zusammen bei einem Geschäftsessen in Köln war. Tja, mit Geld kann man sich eben alles kaufen, sogar ein Alibi von mehreren Personen. Ich hingegen wurde als der arme bedauernswerte Krüppel hingestellt, der sich an die Sekunden vor dem Unfall nicht mehr genau erinnern kann, weil doch alles viel zu schnell ging. Sein Anwalt hat mir jedes Wort im Mund umgedreht, das Wort

der gestandenen Geschäftsleute hatte mehr Gewicht als meines." Dann sieht Anna-Maria Julia mit einem Blick an, der ihr durch und durch geht. „Haben Sie eine Vorstellung davon, wie ich mich dabei gefühlt habe? Genau zu wissen, wer Christian auf dem Gewissen und mich zum Krüppel gemacht hat, aber niemand glaubt einem? Und dieses Schwein verlässt erhobenen Hauptes den Gerichtsaal, legt mir seine Hand auf die Schulter und sagt, wie leid ihm doch der schreckliche Unfall und meine Verletzung täte. Er wünscht mir alles Gute für die Zukunft und dass der wahre Unfallverursacher recht bald gefunden würde. Dieser Mistkerl lügt ohne rot zu werden und schämt sich nicht im Geringsten dafür. Also erzählen Sie mir nicht, dass jemand für seine Taten zur Rechenschaft gezogen wird. Ich hoffe, er schmort jetzt auf immer und ewig in der Hölle." Während dieser emotionalen Worte ist sie immer lauter und wütender geworden. Doch die junge Frau fängt sich nach ihrem Gefühlsausbruch schnell und wirkt wieder kalt und abweisend wie zuvor. Dann wendet sie abrupt ihren Rollstuhl und verlässt ohne ein weiteres Wort das Wohnzimmer durch die Tür, durch die sie zuvor gekommen war. „Es ist alles so schrecklich", seufzt Birgit Hever und vergräbt ihr Gesicht in den Händen. „Wir hatten so gehofft, dass es ihr nach dem monatelangen Reha-Aufenthalt besser geht, wenn sie nach Hause in ihre vertraute Umgebung kommt, aber im Gegenteil, ihr Zustand wird immer schlimmer. Anna-Maria sperrt sich die meiste Zeit des Tages in ihrem Zimmer ein und will allein sein. Die Einzigen, die sie gelegentlich besuchen dürfen, sind Christians Eltern, Michael Storm und ihre Freunde aus Nümbrecht. Aber an ein normales Gespräch mit ihr ist überhaupt nicht zu denken. Sie ist so voller Hass und Verzweiflung, dass

es sie kaputt macht. Anna-Maria und Christian hatten viele Pläne. Sie wollten in ein paar Jahren heiraten, die Welt sehen und Bildbände erstellen. Und das wurde von einer Minute zur anderen zerstört. Wir alle leiden mit ihr und ich weiß nicht, wohin das noch führen soll. Das Leben geht doch weiter, sie kann sich nicht ewig in ihrem Zimmer verbarrikadieren."
„Das Ganze tut mir unendlich leid, und ich hoffe, dass Ihre Tochter ihren Weg finden wird", entgegnet Julia betroffen. „Ich verstehe auch, dass Sie jetzt ziemlich aufgewühlt sind, aber ich möchte Ihnen trotzdem noch ein paar Fragen stellen. Was war Kurt Storm - wenn man von dem Unfall absieht - eigentlich sonst für ein Mensch, ich meine so als Nachbar?"
Birgit Hever lacht verächtlich. „Er war ein arrogantes, egoistisches und skrupelloses Arschloch und ging über Leichen, um seine Ziele zu erreichen. Ständig hat er seine Frau Jana tyrannisiert, nichts konnte sie ihm recht machen. Dabei ist sie so ein wunderbarer Mensch. Sie durfte keinen Umgang mit uns Nachbarn haben, schließlich gehören wir nicht zur Oberschicht. Nur wenn er auf Geschäftsreise war, hatten wir Kontakt. Jana hat uns dann oft zum Essen eingeladen und ist auch zu unseren Feiern gekommen. Wenn er wieder zurück war, war alles wieder ganz anders und sie hatte nichts mehr zu lachen. Finanziell war sie völlig von ihm abhängig. Er wollte nicht, dass sie arbeiten ging. Sie sollte nur für das Haus und die Gäste da sein und repräsentieren. Wenn er sonst das Geld mit vollen Händen ausgab, sie hat er immer an der kurzen Leine gehalten. Für jeden Euro, den sie für sich verwenden wollte, musste sie Rechenschaft ablegen. Im Sommer, wenn die Fenster offen standen, hörte ich sie oft streiten. Er hat sie deutlich spüren

lassen, dass er es war, der das Geld nach Hause brachte und dass sie ihm für das Leben, das sie führen durfte, dankbar sein sollte."
In diesem Moment wird die Haustür geöffnet. Thomas Hever und sein Sohn Andreas betreten den Flur. Der Vater ist groß und kräftig, schätzungsweise Mitte vierzig, sein Sohn, der ihm sehr ähnlich sieht, mochte etwas älter als Anna-Maria sein. Auch bei ihnen hatte das letzte eindreiviertel Jahr deutliche Spuren hinterlassen, denn beide sehen ebenfalls mitgenommen und blass aus.
„Thomas, Andreas, das ist Kommissarin Julia Hauswald. Sie ist hier wegen Kurt. Er ist ermordet worden", erklärt Birgit Hever den beiden.
Während der Sohn direkt nach oben geht, hält ihr Mann einen kurzen Augenblick inne, bevor er seine Jacke auszieht und sie an der Garderobe aufhängt. Er kommt ins Wohnzimmer, wo er sich in einen Sessel setzt und der Kommissarin direkt ins Gesicht blickt. „Dann hat er ja endlich seine gerechte Strafe erhalten. Es ist kein Verlust", sagt er bitter und schenkt sich ein Glas Wasser ein. „Für niemanden."
„Ihre Frau hat mir erzählt, was Ihrer Tochter zugestoßen ist", sagt Julia.
„Ich kann mir vorstellen, was Sie jetzt denken, aber von uns hat ihn niemand umgebracht. Wir waren gestern Abend alle zu Hause. Aber demjenigen, der das getan hat, kann man nur gratulieren und ich hoffe, dass er niemals gefasst wird." Seine Worte klingen hart und unbarmherzig.
„Selbstjustiz ist keine Lösung, vielmehr hätte man noch einmal das Gespräch…"
Thomas Hever lässt Julia nicht ausreden. „Dieses Schwein hat ein Menschenleben auf dem Gewissen, meine Tochter

zum Krüppel gemacht und der Richter hat ihn einfach freigesprochen. Und das nur, weil er reich und einflussreich ist. Ist das in Ihren Augen die richtige Lösung?", fragt er aufgebracht. „Und jetzt verschwinden Sie am besten. Wir haben nichts gesehen und nichts gehört. Und umgebracht haben wir ihn auch nicht."

Julia lässt sich trotz des barschen Tons nicht einfach so vor die Tür setzen. „Ich habe Ihrer Frau schon erklärt, dass ich mit den Fakten des Falls nicht vertraut bin, da ich noch nicht hier bei der Polizei beschäftigt war, als der Unfall passiert ist. Wer könnte denn Ihrer Meinung nach als Täter für den Mord an Kurt Storm in Frage kommen?"

Thomas sieht sie nachdenklich an, ohne ein Wort zu sagen. Erst nach einigen Sekunden bricht er sein Schweigen. „Es gibt viele, die er ins Unglück gestürzt hat und die Grund genug hätten, diese Tat zu begehen. Aber selbst wenn ich wüsste, wer es getan hat, glauben Sie wirklich, dass ich diese Person verraten würde?"

Nein, das würde er wohl nicht, schließlich glaubt die Familie trotz seines Alibis, dass Kurt Storm der Unfallverursacher ist. Selbst wenn die Hevers einen konkreten Verdacht hinsichtlich des Täters hätten, würden sie ihn niemals äußern. Eine weitere Befragung erscheint Julia sinnlos.

Auf dem Weg zurück nach Gummersbach fährt Julia einen Umweg, hält auf einem Parkplatz zwischen Alferzhagen und Niederseßmar an und stellt den Motor ab. Dann steigt sie aus und geht ein paar Schritte in den Wald hinein. Sie muss ein wenig zur Ruhe kommen, bevor sie aufs Revier fährt.

Julia ist zutiefst erschüttert über das, was der jungen Frau und ihrem Freund zugestoßen ist. Zwei Familien wurden zerstört, die eine, weil der Sohn gestorben war, die andere, weil die Tochter schwere körperliche und seelische Verletzungen bei dem schrecklichen Unfall davongetragen hat, die letztendlich das Leben aller belasten. Und über allem steht für die Hevers die Frage, warum der Schuldige - in ihren Augen Kurt Storm - nicht dingfest gemacht und zur Rechenschaft gezogen werden konnte. Doch wie konnte der Tote der Unfallverursacher sein, wenn er ein Alibi hatte, das von mehreren Personen bestätigt wurde? So sehr sie ihren Beruf liebt, dieser Fall scheint besonders tragisch und äußerst kompliziert zu sein.

Eine viertel Stunde spaziert Julia nachdenklich durch den Herbstwald. Der Boden ist dicht mit buntem Laub bedeckt, das bei jedem ihrer Schritte raschelt. Der Wind weht leicht durch die Blätter und beruhigt sie. Sie beobachtet ein Eichhörnchen, das geschäftig zwischen den Bäumen hin und her flitzt und Nüsse für den Winter vergräbt. Am liebsten würde sie stundenlag hier spazieren gehen und die kalte klare Luft genießen, um den Kopf wieder frei zu bekommen. Leider ist das nicht möglich, sie muss zurück aufs Revier.

Als Julia schließlich wieder ins Auto steigt und den Motor startet, hat sie einen Entschluss gefasst: Sie wird sich die Akten des Unfalls genauestens ansehen. Auch wenn Kurt Storm tot ist, will sie sein Alibi erneut überprüfen und die Wahrheit ans Licht bringen.

7

„Kurt Storms Witwe ist gerade eingetroffen", empfängt Alexander Julia, als sie an diesem Samstagmorgen auf dem Revier eintrifft. Sie war direkt von zu Hause aus zu den Hevers nach Wiehl gefahren und hatte nach dem nächtlichen Einsatz noch nicht mit ihrem Kollegen gesprochen.

„Warum hast du mir nichts davon gesagt und mich ins offene Messer laufen lassen?", entgegnet Julia aufgebracht und rauscht an ihm vorbei.

Alexander sieht ihr verständnislos hinterher, als sie den Flur zu ihrem gemeinsamen Büro hinunter geht, und folgt ihr schließlich. „Wovon habe ich dir nichts gesagt?", fragt er verdutzt, als er sie eingeholt hat.

„Davon, dass zwei von Kurt Storms Nachbarn vor einiger Zeit einen schweren Autounfall hatten, bei dem ein junger Mann gestorben ist und seine Freundin seitdem im Rollstuhl sitzt! Und dass Kurt Storm nach Aussage der gelähmten Frau der Unfallverursacher gewesen sein soll, aber nicht zur Rechenschaft gezogen worden ist!", zischt sie wütend.

„Moment, jetzt mal ganz langsam." Alexander packt Julias rechten Arm und zwingt sie stehen zu bleiben. „Kurt Storm war nicht der Unfallverursacher. Er wurde vom Gericht freigesprochen, weil er zum Zeitpunkt des Unfalls gar nicht hier, sondern bei einem Geschäftsessen in Köln war. Dafür gibt es mehrere Zeugen. Er kann es also gar nicht gewesen sein. Lass uns bitte später in aller Ruhe darüber reden, nachdem wir mit Jana Storm gesprochen haben."

„Nein, ich will jetzt darüber reden", entgegnet sie entschie-

den. „Ich habe mich wie ein Elefant im Porzellanladen benommen. Wenn ich von dem Unfall und dem Freispruch von Kurt Storm gewusst hätte, wäre ich die Befragung der Hevers doch ganz anders angegangen! Kannst du dir vorstellen, wie ich mich gefühlt habe?"
Alexander seufzt. Er weiß, dass sie nur sehr schwer zu beruhigen ist, wenn sie derart in Rage ist und sich zudem auch noch ungerecht behandelt fühlt. „Okay, es tut mir leid, dass ich dich nicht vorher über den Fall informiert habe. Ich dachte, er wäre dir bekannt. Aber wir werden hier und jetzt nicht weiter darüber streiten, wir werden mit Jana Storm sprechen. Und da gibt es keine Diskussion mehr!"
Er hat den letzten Satz so bestimmend gesagt und sie so eindringlich angesehen, dass Julia erkennt, dass es im Augenblick nichts bringt, weiter mit ihm darüber zu diskutieren. Also fügt sie sich seiner Entscheidung, auch wenn es ihr schwer fällt.

Kurt Storms Witwe wartet in der Sitzecke vor dem Büro der Kommissare, den Hinterkopf gegen einen Pfeiler gelehnt, und starrt teilnahmslos an die gegenüberliegende Wand. Sie sieht mitgenommen aus, blass und übernächtigt, die Augen rot vom Weinen. Die weite, dunkelgraue Stoffhose, der schwarze Rollkragenpullover und der anthrazitfarbene lange Mantel lassen sie noch blasser erscheinen, als sie ohnehin schon ist. Ihre halblangen, dunklen Haare fallen wirr auf die Schultern, so, als hätte sie sie nach dem Aufstehen überhaupt nicht gekämmt.
Die Kollegen hatten sie am Morgen kurz nach sieben Uhr bei ihrer Familie in Frankfurt erreicht. Ihr Bruder hatte sie sofort hierher gefahren.

„Was ist denn genau passiert?", fragt sie mit tränenerstickter Stimme, nachdem die Kommissare ihr das Beileid ausgesprochen und sie in ihr Büro geführt haben. „Ihr Kollege sagte etwas davon, dass mein Mann ermordet wurde und unser Haus niedergebrannt ist."

„Setzen Sie sich doch bitte." Julia rückt ihr den Stuhl vor Alexanders Schreibtisch zurecht.

„Das stimmt. Ihr Mann wurde mit mehreren Messerstichen ins Herz getötet. Er war vermutlich sofort tot. Anschließend wurde das Haus angezündet", erklärt Alexander, lässt aber weitere Details weg, um die Frau damit nicht noch unnötig zu belasten.

„Mein Gott, das ist ja furchtbar. Wer tut denn so etwas Schreckliches?" Sie schüttelt fassungslos den Kopf, trocknet ihre Tränen mit einem Stofftaschentuch und schnäuzt anschließend hinein.

„Wer könnte Ihren Mann so sehr gehasst haben, dass er zu solch einer Tat fähig wäre?", fragt Alexander vorsichtig.

Die Frau zuckt die Schultern, während sie ihr Taschentuch in den Händen zusammenknüllt. „Wissen Sie, mein Mann war kein einfacher Mensch, im Gegenteil. Viele Freunde hatte er nicht, eigentlich verstand er sich nur mit seinen Geschäftsfreunden gut. Durch seine starrköpfige Art hat er sich in seinem Umfeld eine Menge Feinde gemacht..."

„Die Hevers und die Wandts zum Beispiel?", vermutet Alexander.

Jana Storm blickt kurz auf. „Das ist ein ganz schreckliches Unglück, was den beiden Familien widerfahren ist...", sie stockt einen Moment. „Anna-Maria Hever behauptet, dass mein Mann den schweren Unfall verursacht hat, bei dem ihr Freund starb und der sie an den Rollstuhl gefesselt hat. Aber das Mädchen hat sich getäuscht. Kurt hat sich an diesem Abend mit seinen Geschäftsfreunden in Köln zum Essen getroffen, die das auch bestätigt haben. Trotzdem haben sich seitdem beide Familien meinem Mann gegenüber äußerst feindlich verhalten. Immer wenn sie ihm auf der Straße begegnet sind, haben sie ihn beschimpft und bedroht. Die Situation war für ihn in den letzten Monaten nicht gerade einfach."

Für sie musste es ebenfalls nicht leicht gewesen sein, dass ihr Mann unschuldig eines so schweren Vergehens wie Unfallflucht mit Todesfolge bezichtigt wurde.

„Wer hat ihn bedroht? Und womit genau wurde ihm gedroht?", will Julia wissen.

„Nach seinem Freispruch vor Gericht haben ihn beide Familien noch im Gerichtssaal als Mörder beschimpft und ihm unterstellt, dass er sich das Alibi gekauft hat. Aber das ist nicht wahr. Ich kenne die Zeugen. Sie sind durchweg seriöse und glaubwürdige Geschäftsleute, sie würden niemals ein falsches Alibi geben. Christians Vater, also Axel Wandt, hat meinem Mann sogar gedroht, dass er das noch bitter bereuen wird."

„Würden Sie Ihrem Nachbarn denn solch eine Tat wirklich zutrauen?"

Der Täter hatte mehrfach auf sein Opfer eingestochen, obwohl Kurt Storm vermutlich bereits nach zwei oder drei Stichen tot war. Julia kann sich einen Rachefeldzug als Tatmotiv durchaus vorstellen. Die Wandts hatten bei dem Unfall ihren einzigen Sohn verloren. Da sie Anna-Maria Hevers Aussage ebenfalls Glauben schenken, ist auch in ihren Augen der Unfallverursacher ungestraft davongekommen. Allerdings hofft Julia, dass Axel Wandt nicht der Täter ist, denn die Familie hatte schon so viel durchgemacht. Manuela Wandt würde nicht verkraften können, dass ihr Mann wegen Mordes lebenslänglich im Gefängnis säße. Dann wäre das Leben seiner Frau restlos zerstört.

Jana Storm schüttelt den Kopf. „Eigentlich kann ich mir nicht vorstellen, dass Axel die Tat begangen hat. Er war immer ein ganz ruhiger und ausgeglichener Mensch. Überhaupt, die ganze Familie war sehr nett."

„Und Thomas Hever?"

Jana Storm winkt ab. „Den kann ich mir beim besten Willen auch nicht als Mörder vorstellen. Mit ihm und seiner Familie habe ich mich ebenfalls gut verstanden, sie waren sehr nett und hilfsbereit. Wenn ich ein Problem hatte, konnte ich jederzeit zu ihnen kommen."

„Gibt es denn noch weitere Personen, die sich Ihr Mann zu Feinden gemacht hat?", hakt Alexander nach.

Die Frau senkt den Kopf und nickt. „Wie schon gesagt, er war kein einfacher Mensch. Um seine Ziele zu erreichen, hat er alles getan, da kannte er keine Freunde. Wilhelm Klaußen, unser Nachbar auf der linken Seite, hatte seit einiger Zeit Streit mit meinem Mann. Ich weiß allerdings nur, dass es um Geld ging. Was genau dahinter steckt, ist mir nicht bekannt. Mein Mann hat nicht über alles mit mir gesprochen. Gerade wenn es um Geldangelegenheiten und seine Firma ging, hat er mich nie mit einbezogen. Ihm traue ich solch eine Tat allerdings auch nicht zu, er ist schon über siebzig und nicht mehr der Fitteste." Dann hält Jana Storm eine Weile inne. Sie scheint zu überlegen. „Mit Martha und Karl-Heinz Noltemann, unseren Nachbarn zur Rechten, hatte er Streit wegen eines Schadens an unserem Zaun. Aber sie sind beide schon über achtzig, die kommen für den Mord erst recht nicht in Frage. Wie es im geschäftlichen Umfeld aussieht, weiß ich nicht. Aber wie ich meinen Mann kenne, hat er sich auch dort nicht nur Freunde gemacht. Allerdings, eine Person fällt mir doch noch ein aus dem privaten Umfeld, die Unstimmigkeiten mit ihm hatte..."

„Und die wäre?" Die Beiläufigkeit, mit der sie auf diese Person zu sprechen kommt, macht Julia neugierig.

Jana Storm sieht Julia jetzt direkt in die Augen. „Michael, Kurts Sohn aus erster Ehe. Er hasste und verabscheute seinen Vater, das hat er ihm mehr als einmal deutlich zu verstehen gegeben. Und es ist ihm auch nicht zu verdenken, so schlecht wie mein Mann ihn behandelt hat."

„Wie kam es dazu, dass es zwischen den beiden derartige Spannungen gab?"

„Michael sollte in die Firma meines Mannes einsteigen, aber dessen Geschäftspraktiken waren manchmal – ja, wie soll ich es am besten ausdrücken – sagen wir etwas rüde. Damit konnte Michael überhaupt nicht umgehen. Er ist ein durch und durch aufrichtiger und ehrlicher Mensch. Er hat ständig versucht, aus Kurt einen besseren, umgänglicheren Menschen zu machen. Als das nicht gelang, hat er angefangen für ein bisschen mehr Gerechtigkeit in seiner Firma zu sorgen." Jetzt muss Jana Storm sogar lächeln. „Michael glaubt immer, er könne die Welt verbessern. Das hat meinem Mann natürlich überhaupt nicht gepasst. Er sagte, Michael wäre zu weich und kein guter Geschäftsmann, er würde die Firma in den Ruin treiben. Ständig gab es Streit zwischen den beiden. Das ging sogar so weit, dass Kurt beim letzten Aufeinandertreffen der beiden ankündigte, Michael zu enterben, wenn er nicht sofort aufhörte, gegen ihn zu arbeiten und endlich im Sinne der Firma handelte. Aber ein Mörder ist Michael nicht. Für ihn würde ich sogar meine Hand ins Feuer legen, auch wenn er nicht mein leiblicher Sohn ist!"

„Was genau meinen Sie mit rüden Geschäftspraktiken?"
„Na ja, er ist nicht besonders fair mit seinen Angestellten umgegangen. Wenn jemand einen Fehler gemacht hat, gab es sofort eine Abmahnung oder in besonders schlimmen Fällen sogar eine fristlose Kündigung. Seine Lieferanten hat er bis aufs Äußerste im Preis gedrückt und sie abhängig von sich gemacht und noch einiges andere mehr."
„Dann gibt es also außer seinem Sohn, den er enterben wollte, und den Nachbarn vielleicht noch einige andere Menschen, die ein Motiv für den Mord hätten", stellt Julia fest.
„Mit Sicherheit. Aber wie gesagt, Michael kommt für solch eine Tat überhaupt nicht in Frage und die Nachbarn ebenfalls nicht."
„Und was ist mit Ihnen? Hatten Sie nicht auch oft Streit mit Ihrem Mann?", fragt Julia plötzlich.
Alexander sieht Julia erstaunt an. Wie kommt sie dazu, so etwas zu fragen? Weiß sie etwa mehr als er?
Jana Storm schaut Julia entgeistert an. „Was meinen Sie damit?", fragt sie unsicher.
„War es nicht so, dass Ihr Mann Sie ziemlich schikaniert hat? Dass er nicht wollte, dass Sie mit Ihren Nachbarn Umgang pflegen und Sie sich nur heimlich hinter seinem Rücken mit ihnen treffen konnten? Er wollte auch nicht, dass Sie arbeiten gehen und somit besaßen Sie kein eigenes Geld. Für alles, was Sie sich kaufen wollten, mussten Sie Rechenschaft ablegen. War Ihnen dieser Zustand nicht irgendwann einmal leid?"
Jana Storm schluckt. „Ja, nein, ich…", stammelt sie und zögert einen Augenblick, als hätte sie Angst ein falsches Wort zu sagen. „Es ist richtig, was Sie über meinen Mann sagen. Er hat mir den Umgang mit den Nachbarn verboten

und er wollte nicht, dass ich arbeiten gehe, aber er hatte auch seine guten Seiten. Mir fehlt es materiell an nichts. Wir wohnen in einem prächtigen Haus. Ich besitze ein schickes Cabrio. Bei uns gehen viele wichtige Leute ein und aus. Ich habe mich mit meiner Situation arrangiert. Ich habe meinen Mann nicht umgebracht", beteuert Jana Storm und blickt entsetzt zwischen Julia und Alexander hin und her.

„Nach seinem Tod können Sie jetzt ein freies Leben führen."

„Das stimmt, ja. Aber Sie wissen doch, dass ich zum Tatzeitpunkt bei meiner Familie in Frankfurt war. Das können alle bezeugen. Kann ich jetzt gehen?" Jana Storm wirkt verzweifelt und nervös. Aus ihr wird im Augenblick nichts weiter herauszubekommen sein, schließlich steht sie unter Schock. Alexander entschließt sich, sie gehen zu lassen.

„Einen Moment noch, bitte." Er greift zum Telefonhörer und ruft Marcel an, der ihnen den Hund bringen soll.

„Um wieviel Uhr sind Sie eigentlich nach Frankfurt gefahren?", will Julia wissen.

„Das war gegen dreizehn Uhr. Das weiß ich deshalb so genau, weil ich vor dem einsetzenden Feierabendverkehr dort sein wollte."

„Ist Ihnen in den vergangenen Tagen etwas Verdächtiges aufgefallen? Eine fremde Person oder ein fremdes Fahrzeug in der Nähe Ihres Hauses?"

Jana Storm schüttelt den Kopf.

„Gut. Das war es dann fürs Erste. Wenn wir noch weitere Fragen haben, melden wir uns bei Ihnen", verabschiedet sich Julia.

In diesem Augenblick wird die Tür geöffnet und Per, der Golden Retriever, stürzt freudig auf Jana Storm zu.

8

Aus sicherer Entfernung beobachtet die schwarz gekleidete Person, wie mehrere Mitarbeiter der Spurensicherung in weißen Anzügen seit Stunden die verkohlten Überreste von Kurt Storms Haus nach brauchbaren Hinweisen auf den Tathergang und den Mörder durchsuchen. Damit niemand sie sieht, versteckt sie sich - wie am Abend zuvor - im Wald hinter dem Anwesen der Storms im Schutz der Bäume und Sträucher und blickt durch ein Fernglas. Da sie zurzeit an einem ganz anderen Ort vermutet wird, rechnet niemand damit, dass sie von hier aus die Untersuchungen beobachtet.

Auch Brandermittler sind vor Ort, um die Brandursache herauszufinden. Der Dachstuhl des Hauses war eingestürzt, noch bevor die Feuerwehr das Feuer hatte löschen können. In der Folge war das ganze Gebäude wie ein Kartenhaus in sich zusammengefallen. Nun liegen verkohlte Balken wie achtlos hingeworfene Mikadostäbe kreuz und quer übereinander und aus den Trümmern steigen vereinzelt kleine Rauchwolken empor. Zwischen den verkeilten Balken ist hier und da ein verkohltes Möbelstück, ein Fensterrahmen oder eine Tür zu erkennen. Von dem einst so prächtigen Haus ist nichts außer einem großen Schutthaufen übrig geblieben. Das ist auch nicht weiter verwunderlich, denn bis zum Eintreffen der Feuerwehr war viel zu viel Zeit vergangen.

Weitere Mitarbeiter der Spurensicherung gehen das große Grundstück um das Trümmerfeld herum ab und drehen - wie es so schön heißt - jeden Stein einzeln um. Stunde um

Stunde suchen sie nach der Tatwaffe und dem noch so kleinsten Hinweis auf den Täter: unter den Sträuchern, auf der Terrasse und hinter der Garage. Sie schießen aus allen möglichen Perspektiven Fotos vom Tatort, füllen mögliche Beweisstücke in kleine Plastiktüten und verstauen diese in schweren Metallkoffern.

Die Person kann sich ein triumphierendes Lächeln nicht verkneifen, denn die Spurensicherung wird keine Hinweise auf sie finden. Es gibt nichts, aber auch gar nichts, was sie als Täter identifizieren wird. Die Tatwaffe hatte sie sorgfältig gesäubert und wieder mitgenommen, Fingerabdrücke hatte sie nirgendwo hinterlassen, da sie Handschuhe getragen hatte. Etwas verloren, was ihr eindeutig zuzuordnen ist, hatte sie auch nicht. Da können die Männer der Spurensicherung suchen bis sie schwarz werden. Dieser Mordfall wird für immer ungeklärt bleiben.

Noch immer spürt sie keine Reue für das, was sie getan hat. Im Gegenteil, sie hat niemals - nicht eine Sekunde - ein Schuldgefühl an sich herangelassen. Und seit Kurt Storm tot ist, fühlt sie sich erleichtert und befreit wie schon lange nicht mehr.

Der Leichenwagen war bereits in der Nacht weggefahren. Auch das hatte sie beobachtet ohne irgendetwas dabei zu fühlen. Ein Mensch war gestorben, dem niemand auch nur eine Träne nachweinen würde. Sein Tod ist also nicht weiter schlimm.

Hinter den Absperrbändern versammeln sich immer wieder Schaulustige, die der Arbeit der Spurensicherung zusehen. Dass der erfolgreiche Geschäftsmann Kurt Storm tot ist, hat sich wie ein Lauffeuer in Wiehl und Umgebung herumgesprochen. Niemand scheint erschrocken, niemand will Kerzen anzünden oder Blumen niederlegen. Im Gegenteil, die Stimmung unter den Anwesenden ist heiter. Vermutlich handelt es sich bei den Schaulustigen ebenfalls um Menschen, denen er zu Lebzeiten geschadet hatte.

Mit Genugtuung wendet sich die Person ab. Einer musste sich kümmern, wenn Kurt Storm nicht auf gesetzlichem Weg beizukommen war.

9

„Kurt Storm scheint ja ein ziemlich unangenehmer Zeitgenosse gewesen zu sein", entfährt es Julia, als Jana Storm das Büro verlassen hat und Marcel Rieger mit den ersten Ergebnissen der Spurensicherung und der Gerichtsmedizin den Raum betritt. „Kannte ihn eigentlich jemand von euch persönlich?"
„Nein." Alexander schüttelt den Kopf.
„Ich auch nicht", entgegnet Marcel nachdenklich. „Aber eine Nachbarin von mir hat mal ein Jahr lang in seiner Firma gearbeitet. Das ist allerdings schon ein paar Jahre her. Er importiert Geschenkartikel. Lager und Versand seiner Firma befinden sich in der Nähe von Köln, aber die Verwaltung sitzt hier in Gummersbach. Meine Nachbarin war dort als Sekretärin beschäftigt und hatte täglich mit ihm zu tun. Sie hat es allerdings nicht lange mit ihm ausgehalten und ihn als einen cholerischen, überheblichen und knallharten Menschen beschrieben, der die Schwächen anderer rücksichtslos ausnutzte und alle, die nicht mindestens leitende Angestellte waren, als niederes Volk ansah und auch dementsprechend behandelte. Mit seinen Lieferanten ist er wohl unmöglich umgegangen. Seine Hauptlieferanten hat er erst von sich abhängig gemacht, das heißt, dass sie wegen seines großen Auftragsvolumens erst einmal kräftig in neue Maschinen investieren und neue Mitarbeiter einstellen mussten. Nach einiger Zeit hat er dann angefangen, ganz gewaltig die Preise zu drücken. Ein Großteil der Lieferanten hatte keine andere Wahl, als dem Druck nachzugeben, sonst hätten sie seine Aufträge verloren und ihre

Maschinen wären nicht ausgelastet gewesen. Was das für die Firmen bedeutet hat, könnt ihr euch ja vorstellen. Mit seinen Angestellten - jedenfalls mit denen auf den unteren Ebenen - ist er teilweise auch ziemlich übel umgesprungen. Sie haben jede Menge Überstunden gemacht und diese nicht bezahlt bekommen. Dadurch war damals die Fluktuation relativ hoch. Wie es heute aussieht ist mir nicht bekannt, aber ich kann mir nicht vorstellen, dass er sich in dieser Hinsicht geändert hat. So jemand vollzieht keine Wandlung zu einem Heiligen."

„Nach dem, was Jana Storm und du erzählt haben, gibt es neben den Hevers und den Wandts also noch einige andere Leute, die mit ihm Streit hatten, beziehungsweise, die nicht gut auf ihn zu sprechen waren", resümiert Alexander. „Aber ich glaube nicht, dass ein tyrannischer Chef unbedingt ein Mordmotiv ist, sondern dass etwas dahintersteckt, was viel schwerer wiegt."

„Das denke ich auch", bestätigt Julia nachdenklich. „Die Hevers zum Beispiel haben meines Erachtens ein ganz starkes Motiv. Die Tochter seit dem Autounfall an den Rollstuhl gefesselt, der zukünftige Schwiegersohn tot. Das Leben der Familie ist seitdem vollkommen verändert und…", Julia stockt und atmet tief durch, denn die Geschichte der jungen Frau geht ihr sehr nahe. „…sie hassten Kurt Storm abgrundtief, denn sie glauben natürlich ihrer Tochter und können es nicht verwinden, dass er nicht zur Rechenschaft gezogen wurde. Und die ganze Familie Hever gibt sich gegenseitig ein Alibi. Angeblich waren sie alle von siebzehn Uhr an zu Hause, sind um zweiundzwanzig Uhr dreißig zu Bett gegangen und erst aufgewacht, als die Feuerwehrsirene ging."

Alexander sieht Julia an. „Ich erinnere mich gut an den Fall. Es wurde damals ganz groß in der Zeitung darüber berichtet. So leid mir die Geschichte für das Mädchen und die betroffenen Familien tut, aber Anna-Maria Hever muss sich geirrt haben. Erstens lief der Unfall viel zu schnell ab, als das sie den Fahrer im Dunkeln hätte erkennen können, und zweitens hat Kurt Storm ein wasserdichtes Alibi. Dass er zum Zeitpunkt des Unfalls in Köln war, bezeugten gleich vier unbescholtene Geschäftsleute. Er kann nicht der Unfallverursacher gewesen sein."

„Aber was ist, wenn er zum Tatzeitpunkt doch nicht in Köln war, sondern sich schon früher auf den Weg nach Hause gemacht hat?", erwidert Julia angriffslustig. Ihr Gefühl sagt ihr, dass irgendetwas an dem Fall faul ist.

„Es gibt vier Zeugen dafür, dass Kurt Storm an diesem Abend in Köln war, und zwar bis nach dem Unfall. Es gibt keinen Grund, die Aussagen der Zeugen anzuzweifeln, zumal sie eine saftige Strafe zu erwarten hätten, wenn man ihnen eine Falschaussage nachweisen könnte", hält Alexander dagegen.

Julia lässt nicht locker. „Warum sollte Anna-Maria ihn verdächtigen, wenn sie ihn nicht tatsächlich erkannt hat?"

„Was weiß ich denn!" Alexander reagiert gereizt.

„Vielleicht waren die Geschäftsfreunde Kurt Storm einen Gefallen schuldig und haben deshalb zu seinen Gunsten ausgesagt. Oder aber er hat sich das Alibi gekauft. Wäre doch auch möglich. Also mal angenommen eine der beiden Möglichkeiten trifft zu, glauben würde das Gericht eher den Aussagen der einflussreichen Geschäftsmänner als der einer verzweifelten und verbitterten jungen Frau, nicht wahr?"

Alexander trommelt mit den Fingern auf der Schreibtischplatte. Ein sicheres Zeichen dafür, dass er langsam aber sicher sauer wurde. „Julia, es spricht alles dafür, dass Anna-Maria Hever sich geirrt hat", entgegnet er mit einem Grollen in der Stimme.

„Marcel, was sagst du denn dazu?", fragt Julia, in der Hoffnung, dass dieser sie in ihrer Vermutung unterstützen würde.

Doch Marcel, der die ganze Zeit die Diskussion zwischen den Kommissaren verfolgt hatte, streicht sich nachdenklich über den Bart und macht ein zweifelndes Gesicht. „Ich weiß nicht. Einerseits muss ich daran denken, was meine Nachbarin über Storm gesagt hat, dann würde ich ihm durchaus zutrauen, dass er sich ein Alibi kauft, andererseits kann ich mir nicht vorstellen, dass direkt vier Leute eine Falschaussage für ihn machen."

Na toll. Auf Marcels Unterstützung kann sie also auch nicht bauen. Sie ist anscheinend die Einzige, die Anna-Maria Hever Glauben schenkt. Julia ärgert sich maßlos darüber, dass Alexander, der sonst einen ausgeprägten Gerechtigkeitssinn hat, diese Möglichkeit nicht einmal in Betracht zieht. Beirren lässt sie sich jedoch nicht davon.

„Ob Unfallverursacher oder nicht, die Hevers haben durch Anna-Marias Aussage in jedem Fall ein Motiv. Ich werde im Zuge dieser Ermittlungen die Akten von damals noch einmal durchgehen und gegebenenfalls weitere Nachforschungen anstellen. An der Geschichte ist irgendetwas faul und ich bin fest dazu entschlossen, die Wahrheit ans Licht zu bringen, ob mit oder ohne euch", sagt Julia entschieden.

Alexander schüttelt den Kopf und atmet tief durch. Ein deutliches Indiz dafür, dass er kurz davor ist, die Fassung zu verlieren. „Wir brauchen unsere Zeit für den aktuellen

Fall. Du steigerst dich derart in die Vorstellung hinein, dass Kurt Storm der Unfallfahrer ist, dass du den Blick für die Realität völlig verlierst…"

Julia kocht innerlich. Wütend erhebt sie sich von ihrem Stuhl. „Ich steigere mich in etwas hinein?", fragt sie aufgebracht und baut sich neben Alexander auf, der hinter seinem Schreibtisch sitzt. „Warum willst du die Möglichkeit, dass er sich ein Alibi gekauft hat, nicht zumindest in Betracht ziehen? Ist es, weil er ein einflussreicher und erfolgreicher Geschäftsmann war? Oder gibt es einen anderen Grund dafür?"

Alexander erhebt sich ebenfalls und tritt einen Schritt auf sie zu. Seine Augen funkeln und Julia erkennt, dass jedes weitere Wort das Fass zum Überlaufen bringen kann. Doch ihr Vorhaben, die Wahrheit über Anna-Marias Unfall herauszufinden, wird sie keinesfalls aufgeben.

Bevor einer von ihnen noch etwas erwidern kann, geht Marcel dazwischen. „Würdet ihr euch bitte beruhigen!", sagt er energisch und schiebt die beiden ein Stück auseinander. „Es hilft uns nicht weiter, wenn ihr euch in die Haare kriegt."

„Es kann doch sein, dass sich das Mädchen für irgendetwas an Kurt Storm rächen wollte und deshalb behauptet, dass er der Unfallverursacher gewesen ist", sagt Alexander in einem versöhnlicheren Ton. „Wenn die Hevers also der Aussage ihrer Tochter glauben und sich genauso wie du derart hineinsteigern, dann haben sie tatsächlich ein verdammt starkes Motiv. Und der Gedanke daran, dass der Schuldige für diesen Unfall nicht zur Rechenschaft gezogen wird, kann jemanden zum Mörder werden lassen. In diesem Fall ist das Alibi, was sich die Hevers gegenseitig geben, nicht viel wert."

„Natürlich kannst du mit deiner Vermutung Recht haben. Aber wofür sollte sie sich rächen wollen?" Julia zuckt die Schultern. „Wenn man bedenkt, wie schlecht er laut Birgit Hever seine Frau behandelt hat, dann hätte die ebenfalls Gründe genug, ihren Mann zu töten. Auch wenn sie ihre Lage vorhin im Gespräch als nicht so schlecht dargestellt hat. Was hältst du von ihr?", fragt Julia, um das Thema zu wechseln.

Alexander zieht die Augenbrauen hoch. „Sie sah ziemlich mitgenommen aus. Ich bin mir aber nicht sicher, ob ihre Bestürzung echte Betroffenheit war oder ob sie lediglich eine gute Schauspielerin ist. Wenn ihr Mann sie tatsächlich tyrannisiert hat, sah sie keinen anderen Ausweg aus ihrer Situation, weil sie vielleicht bei einer Scheidung leer ausgehen würde, und hat das Problem ganz einfach auf diese Art aus der Welt geschafft. Wir wissen allerdings noch nicht, was sie in finanzieller Hinsicht davon hat, dass ihr Mann tot ist. Eine hohe Lebensversicherung zum Beispiel wäre ein gutes Mordmotiv. Nur, würde sie nach dem Mord ihr Zuhause in Brand stecken?"

„Wenn sie vielleicht in einer anderen Stadt ein ganz neues Leben anfangen möchte und das Haus gut versichert ist, warum nicht?", entgegnet Julia nüchtern. Sie hatte in ihren Dienstjahren schon einige Fälle gehabt, wo sie die Vorgehensweise des Täters nach der Tat nicht nachvollziehen konnte.

„Erik ist mit einigen Kollegen schon auf dem Weg zu Kurt Storms Büro in Gummersbach, um sich dort gründlich umzusehen", berichtet Marcel. „Allerdings hat der Bruder von Jana Storm bestätigt, dass diese von Freitagnachmittag an die ganze Zeit über bei der Familie in Frankfurt war."

„Er kann aber auch genauso gut für sie gelogen haben,

immerhin ist er ihr Bruder und wird sie beschützen wollen", sagt Alexander nachdenklich und wendet sich wieder an Marcel. „Was habt ihr denn bisher bei euren Untersuchungen herausgefunden? Gibt es irgendwelche verwertbaren Spuren?"

„Die Tatwaffe haben wir leider noch nicht gefunden, aber es ist nach wie vor davon auszugehen, dass es sich um ein Fleischmesser handelt. Die Einstichwinkel lassen auf einen Rechtshänder als Täter schließen. Kampfspuren am Körper des Toten konnte die Gerichtsmedizin nicht feststellen. Es scheint fast so, als wäre der Angriff für ihn völlig überraschend gekommen, sodass er sich gar nicht gewehrt hat. Dafür spräche auch, dass unter seinen Fingernägeln keine Hautpartikel sichergestellt wurden", erklärt Marcel. „Unter dem Kinn befindet sich eine kleine Wunde. Diese könnte daher rühren, dass der Täter seinem Opfer die Messerspitze dort hineingebohrt hat. Vielleicht hat er ihn zuerst nur bedroht und wollte ihm Angst einjagen, bevor er ihn erstochen hat."

„Dass es keine Abwehrspuren gibt, könnte auch bedeuten, dass der Tote seinen Mörder gekannt und nicht damit gerechnet hat, dass dieser ihn umbringen will", vermutet Alexander.

„Genau und dafür gibt es noch ein zweites Indiz. Das Feuer hat zwar fast das ganze Haus zerstört, doch wir konnten einige nahezu unversehrte Teile sicherstellen. Dazu gehören unter anderem einige Fenster und die Haustür und diese weisen keinerlei Einbruchspuren auf. Möglicherweise hat Kurt Storm seinen Mörder selbst hinein gelassen oder…"

„…der Täter hatte einen Schlüssel zum Haus", vervollständigt Julia den Satz.

„Richtig. Aber das bringt uns alles erst einmal nicht weiter. Es gibt zu viele, die zumindest eine der beiden Möglichkeiten erfüllen: die Hevers, die Wandts, die Noltemanns, Wilhelm Klaußen und Jana und Michael Storm. Da kommt eine Menge Arbeit auf uns zu", stöhnt Alexander.

Julia nimmt die Mappe in die Hand, die Erik vor dem Gespräch mit Jana Storm auf Alexanders Schreibtisch gelegt hatte und liest den Bericht, für den sie bisher noch keine Zeit gefunden hatten.

Erik hatte in der Nacht kurz mit den Nachbarn gesprochen, die das Haus rechts neben den Storms bewohnen. Dabei bestätigte sich ihre Vermutung, dass das Opfer seinen Täter gekannt hat.

Das ältere Ehepaar hatte - wie alle anderen Befragten auch - vor der Tat nichts Verdächtiges bemerkt und am Abend bei heruntergelassenen Jalousien vor dem Fernseher gesessen. Außer dem Wind, der ums Haus pfiff, hatten sie nichts Außergewöhnliches gehört.

„Der Hund hat zur Tatzeit nicht gebellt, was er bei Fremden immer tat. Er muss den Täter also gekannt haben", berichtet Julia und liest weiter, während sich Marcel und Alexander unterhalten.

„Das gibt´s doch nicht", entfährt es Julia. Sie schüttelt den Kopf. „Den Mann hätte ich nicht zum Feind haben wollen. Er hat sich seit der Zeit, wo Marcels Nachbarin bei ihm gearbeitet hat, tatsächlich nicht verändert. Nach dem zu urteilen, was Erik heute Vormittag bei seiner Recherche herausgefunden hat, war Kurt Storm kein unbeschriebenes Blatt. In den letzten fünf Jahren hat er zweimal die Polizei gerufen, weil auf Geburtstagsfeiern bei den Hevers angeblich die Musik zu laut war. Dann ist er der Polizei mehrfach wegen verschiedener Verkehrsvergehen aufgefallen:

zahlreiche Geschwindigkeitsübertretungen, Zuparken von Rettungswegen und sogar Alkohol am Steuer. Den Führerschein hat er auch schon mal für einige Wochen abgeben müssen und wegen Beamtenbeleidigung musste er eine Geldstrafe zahlen. Vor ein paar Monaten hat er Karl-Heinz Noltemann, den Nachbarn auf der rechten Seite, wegen Fahrerflucht angezeigt. Der Mann hat versehentlich beim Verlassen seines Grundstücks mit dem Auto den Zaun der Storms beschädigt."

„Alle Achtung, er scheint wirklich der unangenehmste Zeitgenosse gewesen zu sein, den man sich vorstellen kann", sagt Alexander mit angewiderter Miene. „Wer mit ihm in irgendeiner Weise zu tun hatte, brauchte keine Feinde mehr. Wir werden bei unseren Ermittlungen also noch mit einigen Leuten sprechen müssen, die Ärger mit ihm hatten."

„Das ist richtig", stimmt Julia zu, „nur würde ich nicht alles, was er seinen Mitmenschen angetan hat, als potentielles Mordmotiv bewerten. Die alten Leute zum Beispiel kommen in meinen Augen für einen derart grausamen Mord nicht in Frage."

„Sag mal Marcel, habt ihr eigentlich in der Zwischenzeit schon eine Vermutung, wie das Feuer ausgebrochen sein könnte?", fragt Alexander.

„Ja, haben wir. Das Feuer hat auf dem Esstisch im Wohnzimmer angefangen. Es ist ganz geschickt eingefädelt worden. Auf dem Tisch hat eine Kerze gestanden. Wir gehen davon aus, dass sie auf ein Tuch oder etwas Ähnliches gestellt wurde und dieses zusätzlich um den Kerzenstumpf herumgelegt wurde. Als die Kerze niedergebrannt war, hat der Stoff Feuer gefangen und eine Kettenreaktion ausgelöst: Zuerst brannte die Tischdecke, danach der Tisch, die

Stühle usw. Zwischen dem Mord und dem Ausbruch des Feuers haben mehrere Stunden gelegen, das hat die Obduktion der Leiche ergeben. Der Todeszeitpunkt liegt ungefähr bei neunzehn Uhr dreißig, das Feuer ist vielleicht so gegen dreiundzwanzig Uhr dreißig ausgebrochen."
Julia seufzt. „Das Vorgehen sieht nach einem gezielten Racheakt aus. Bei der Anzahl der Personen, die Kurt Storm hassten, wird es verdammt schwer, den wahren Täter zu finden."

10

Mit einem unguten Gefühl in der Magengegend fährt Julia zu den Wandts, den Eltern des tödlich verunglückten Freundes von Anna-Maria Hever.
Obwohl Julia schon seit einigen Jahren bei der Kriminalpolizei arbeitet, können Mordfälle für sie niemals zur Routine werden.
In ihren Anfängen im Polizeidienst hatten die Bilder und Geschichten der Toten sie oftmals bis in den Schlaf verfolgt. Sie hatte in manchen Nächten kaum Ruhe gefunden und war morgens völlig übermüdet zur Arbeit erschienen. Mit der Zeit hat sie sich ein dickeres Fell zugelegt. Sie versucht, die Fälle nicht so sehr an sich herankommen zu lassen und nach Feierabend alles was mit ihrem Job zu tun hat auszublenden. Manchmal gelingt es ihr ganz gut, doch in einigen Fällen schafft sie es immer noch nicht.
Gerade der aktuelle Fall beschäftigt sie sehr. In den letzten Stunden waren ihre Gedanken ständig bei Anna-Maria, der jungen Frau im Rollstuhl, und ihrer Familie, die ein hartes Schicksal getroffen hat und deren Leben dadurch völlig aus den Fugen geraten ist.
Alexander ist in dieser Beziehung ganz anders. Ihm fällt es im Gegensatz zu ihr nicht so schwer abzuschalten, nachdem sie das Revier verlassen haben. Das hatte Julia schon oft festgestellt, wenn sie abends gemeinsam etwas unternahmen. Sie war noch schweigsam, weil sie in Gedanken bei den Angehörigen der Opfer oder bei sonstigen Personen war, die sie in Bezug auf einen aktuellen Fall verhört hatten. Alexander hatte den Kopf dagegen schon wieder

frei und erzählte ihr von seinen Plänen, was er am Wochenende unternehmen oder wohin er als nächstes in Urlaub fahren wollte. Das half ihr wiederum, auf andere Gedanken zu kommen und abzuschalten.

Das gepflegte Fachwerkhaus der Wandts liegt Kurt Storms Grundstück gegenüber und direkt neben dem Haus der Hevers. Als Julia in der Einfahrt parkt und aus dem Auto steigt, sieht sie einige Mitarbeiter der Spurensicherung, die noch immer damit beschäftigt sind, die Überreste des Hauses nach verwertbaren Spuren zu durchsuchen. Sie seufzt, denn es besteht kaum Aussicht auf Erfolg, da das Feuer zu viel zerstört hatte. Die Vorgehensweise des Täters erinnert sie an einen Fall, den sie bei der Kriminalpolizei in Köln bearbeitet hatte. Damals wurde auch ein Mann ermordet und später das Haus angezündet, um alle Spuren zu beseitigen. Es brannte völlig nieder, doch die Spurensicherung fand den einen oder anderen brauchbaren Hinweis, um den Täter zu überführen. Vielleicht gibt es doch noch Hoffnung.
Auf Julias Klingeln öffnet eine große, hagere Frau Mitte vierzig. Sie sieht blass aus, hat dunkle Ringe unter den Augen und wirkt übermüdet. Sie mustert Julia erstaunt, als diese sich als Kommissarin ausweist und darum bittet, hereingelassen zu werden.
„Was wollen Sie denn von uns?", fragt Manuela Wandt skeptisch, nachdem sie Julia ins Wohnzimmer geführt und ihr Platz angeboten hat.
„Es geht um den Tod von Kurt Storm. Wahrscheinlich haben Sie schon gehört, dass er ermordet wurde", vermutet Julia.
„Ja, das haben wir mitbekommen", hört Julia plötzlich

jemanden hinter ihr sagen. Ein Mann hatte den Raum betreten und steht jetzt direkt hinter ihrem Stuhl.
Julia dreht sich um und betrachtet den Mann eingehend. Er ist groß und kräftig, sein Gesichtsausdruck finster. Auch er sieht blass aus und scheint ebenfalls schlecht geschlafen zu haben. „Sind Sie Axel Wandt?"
„Ja, der bin ich", erwidert er unfreundlich. „Und Sie können direkt wissen, dass wir froh sind, dass dieses Schwein tot ist."
Mit dieser Reaktion hatte Julia schon gerechnet. Um die Befragung so schnell wie möglich hinter sich zu bringen, fällt sie sofort mit der Tür ins Haus. „Wo waren Sie gestern Abend zwischen neunzehn und zwanzig Uhr?"
„Wir waren beide den ganzen Abend über hier", sagt Manuela Wandt. „Wir haben ihn nicht getötet, auch wenn Sie das jetzt vielleicht annehmen. Wir haben ihn gehasst für das, was er uns angetan hat. Er hat unseren einzigen Sohn auf dem Gewissen und Anna-Maria zum Krüppel gemacht. Aber anstatt zu seiner Tat zu stehen, hat er auch noch gelogen! Anna-Maria hat ihn in dem entgegenkommenden Auto eindeutig erkannt, aber niemand glaubt dem armen Mädchen. Es ist furchtbar zu wissen, dass er für seine Tat nicht zur Rechenschaft gezogen wird. Können Sie sich vorstellen wie es ist, zu sehen, dass er sein Luxusleben weiterführt als wäre nichts geschehen? Er hat vor unseren Augen Partys gegeben, bei denen Champagner in Strömen floss und laute Musik lief. Bei allem Respekt, aber da können Sie nicht von uns erwarten, dass es uns leid tut, was ihm widerfahren ist." Sie macht eine kleine Pause, dann spricht sie weiter. „Trotz allem was passiert ist, unser Hass hat uns nicht zu Mördern gemacht."
„Es ist mein Job, in alle Richtungen Nachforschungen an-

zustellen. Ich verstehe ihre Wut, dass der Unfallverursacher bis heute nicht gefunden ist. Aber es gibt keine Beweise dafür, dass es Kurt Storm gewesen ist. Im Gegenteil, es gibt mehrere Zeugen dafür, dass er zum Unfallzeitpunkt in Köln war." Dass sie selbst mit dem Alibi hadert, darf sie nicht zugeben, das würde sie in Teufels Küche bringen.
„Das Alibi haben ihm doch seine tollen Geschäftsfreunde aus Gefälligkeit gegeben!", sagt Axel Wandt wütend.
Julia geht nicht weiter auf seine Vorwürfe ein. „Haben Sie in den letzten Tagen vielleicht irgendetwas Verdächtiges bemerkt? Eine fremde Person, die sich öfter in der Nähe aufgehalten hat, oder ist Ihnen ein unbekanntes Fahrzeug aufgefallen?"
„Nein. Und selbst wenn wir jemanden gesehen hätten, hätten wir dezent weggesehen", erwidert Axel Wandt hart. „Der Mörder hat vielen Menschen einen Gefallen getan, ich hoffe, dass er niemals gefasst wird."
„Dem kann ich mich nur anschließen", bekräftigt Manuela Wandt die Aussage ihres Mannes. „Unser Sohn und Anna-Maria hatten so viele Pläne, die dieser Mistkerl zunichte gemacht hat. Ich hoffe, er wird dafür in der Hölle schmoren."
Die Verbitterung der Eltern ist aus jedem Satz herauszuhören. Das Ehepaar hat sich genauso wie die Hevers darauf eingeschossen, dass der Geschäftsmann der Schuldige war. So gesehen hätte sich Julia die Befragung sparen können.

„Magst du ein Rosinenbrötchen?", fragt Julia, als sie ihr Büro betritt und hält Alexander die Bäckertüte unter die Nase, die sie auf dem Rückweg nach Gummersbach gekauft hatte.
„Gern", erwidert Alexander und greift in die Tüte. „Wie

war es bei den Wandts?"

„Sie geben sich gegenseitig ein Alibi. Angeblich waren beide den ganzen Abend zu Hause. Und sie haben keinen Hehl daraus gemacht, dass sie Kurt Storm hassten."

„Sonst irgendetwas Aufschlussreiches?"

Julia schüttelt den Kopf und beißt in ihr Brötchen. „Sie haben nichts gesehen, nichts gehört, und wenn sie etwas bemerkt hätten, würden sie es der Polizei nicht verraten", berichtet sie kauend.

„Lass uns für heute Feierabend machen. Morgen früh sprechen wir mit Michael Storm. Mal sehen, was er zum Tod seines Vaters zu sagen hat."

Bevor Julia an diesem Abend nach Hause fährt, macht sie einen Abstecher nach Wiehl, um ihre stark dezimierten Lebensmittelvorräte wieder aufzustocken.

Anschließend lässt sie ihr Auto auf dem Parkplatz des Lebensmittelgeschäftes stehen und geht noch in den Kurpark. Um diese Zeit ist sie fast allein dort, lediglich drei Jogger begegnen ihr in der Dämmerung. Mit schnellen Schritten dreht sie eine Runde um den kleinen See. Die Luft ist herrlich klar und ein wenig Bewegung tut ihr nach dem langen Arbeitstag gut. Als sie einige Enten erblickt, die in Ufernähe schwimmen, bleibt sie stehen. Sie holt zwei Scheiben Brot aus ihrer Jackentasche, die sie nach dem Einkaufen aus der Brottüte genommen und eingesteckt hatte, bricht sie in kleine Stückchen und wirft sie ins Wasser. Eine Weile beobachtet Julia die Enten, wie sie blitzschnell hin und her schwimmen, um möglichst viele der begehrten Brocken zu ergattern. Doch nach ein paar Minuten wird es ihr zu kalt und sie geht weiter.

Plötzlich hört sie Stimmen. Unter einem Pavillon haben

sich einige junge Leute versammelt, die Würstchen grillen und dabei sichtlich Spaß haben. Kein Wunder, denn alle haben eine Bierflasche in der Hand. Im Vorbeigehen sieht sie, dass sich unter einem Campingtisch, auf dem Salate und Brot stehen, zwei Bierkästen und ein paar Flaschen Wodka befinden. Julia seufzt. Hoffentlich kommt keiner von ihnen später auf die Idee, sich noch hinters Steuer zu setzen.

Nachdem sie ihre Runde um den See beendet hat und wieder an ihrem Ausgangspunkt beim Kiosk angekommen ist, ist es fast schon dunkel. Jetzt muss sie sich beeilen, denn sie will sich an diesem Abend mit ihrer Schwester in einem Brauhaus in der Kölner Altstadt treffen.

11

Am späten Vormittag fahren Julia und Alexander zu Michael Storm. Er wohnt am Ortsrand von Drabenderhöhe, an der Straße, die nach Much führt, in einem gepflegten Mehrfamilienhaus. Der junge Mann lebt allein in seiner 100 m² Wohnung, eine Freundin hat er derzeit nicht. Das hatten ihre Recherchen ergeben.
Eine alte Frau sitzt im ersten Stock hinter dem Fenster und beobachtet neugierig, wie die Kommissare aus dem Auto steigen und zur Haustür gehen.
Nach dem zweiten Klingeln öffnet der Sohn des Toten. Er ist keinesfalls verwundert darüber, dass die Kriminalpolizei vor seiner Tür steht.
„Dürfen wir einen Augenblick hereinkommen?", bittet Julia, nachdem sie sich als Kommissare ausgewiesen und ihm ihr Beileid ausgesprochen haben.
„Ja, natürlich", entgegnet er bereitwillig und führt sie in sein geräumiges Wohnzimmer. Mit einem Blick erkennt Julia, dass Michael Storm ein Weltenbummler ist, denn an den Wänden hängen - sorgfältig eingerahmt - zahlreiche Fotografien. Eine zeigt ihn mit zwei Maoris in Neuseeland, die anderen atemberaubende Sonnenuntergänge in der afrikanischen Steppe, Antilopen an einer Wasserstelle und Löwen, die im Schatten einer Baumgruppe dösen. Skulpturen sorgen zusätzlich für eine afrikanische Atmosphäre. Für einen Junggesellen sieht es zudem sehr ordentlich aus, findet Julia.
„Das musste irgendwann einmal passieren", sagt Michael Storm kopfschüttelnd, bevor die Kommissare ihm über-

haupt eine Frage stellen können. Er sieht ziemlich fertig aus, blass und übernächtigt. „Ich weiß, ich sollte nicht so über einen Toten und schon gar nicht über meinen eigenen Vater sprechen, aber es ist die Wahrheit: Er war ein durch und durch schlechter Mensch und es gab viele, die ihn hassten, weil er sie ausgebeutet oder schlecht behandelt hat. Im Grunde genommen trägt er selbst die Schuld an seinem Tod."

„Wer käme denn Ihrer Meinung nach als Täter in Frage?", fragt Alexander interessiert. Wenn der Sohn des Toten schon so bereitwillig zu erzählen beginnt, will er ihn keinesfalls davon abhalten.

Michael zuckt die Schultern. „Er hat so viele schikaniert. Er hat die Mitarbeiter in seiner Firma tyrannisiert, die Lieferanten ausgebeutet und privat hat er auch einigen Menschen geschadet. Aber von all denen traue ich ehrlich gesagt niemandem eine solche Tat zu. Ich kann mir allerdings gut vorstellen, dass er darüber hinaus noch Streit mit anderen Personen gehabt hat. Vielleicht ist er dabei mal an den Falschen geraten."

„Wie war sein Verhältnis zu Ihrer Stiefmutter?"

„Sie hat es nicht immer leicht mit ihm gehabt. Er hat sie oft schlecht behandelt, aber sie hat ihn geliebt und eine Engelsgeduld mit ihm gehabt."

„Würden Sie ihr eine solche Tat zutrauen?", will Julia wissen.

„Ausgeschlossen", entgegnet er bestimmt und schüttelt energisch den Kopf. „Auf gar keinen Fall ist sie es gewesen. Jana ist ein guter Mensch, ruhig, bescheiden und warmherzig. Ich habe nie verstanden, wie eine solch wunderbare Frau meinen Vater heiraten und sich in dessen Abhängigkeit begeben konnte. Dass es ihr bei der Heirat ums

Geld ging, traue ich ihr nicht zu. Sie hat mich wie ihren eigenen Sohn behandelt und war immer gut zu mir. Sie ist zu etwas Bösem überhaupt nicht fähig. Für sie würde ich meine Hand ins Feuer legen."
„Das Verhältnis zwischen Ihnen und Ihrem Vater soll äußerst angespannt gewesen sein?", fragt Julia und wartet gespannt auf seine Reaktion.
Michael Storm lacht verächtlich. „Unser schlechtes Verhältnis war kein Geheimnis. Angespannt nenne ich allerdings noch leicht untertrieben, zerrüttet trifft eher zu. Wir hatten vor einiger Zeit einen heftigen Streit und seitdem hatten wir uns nicht mehr viel zu sagen." Der junge Mann zögert einen Augenblick. „Halten Sie mich jetzt nicht für hartherzig und ziehen Sie auch bitte keine falschen Schlüsse daraus, wenn ich sage: Er war zwar mein Vater, aber ich trauere nicht um ihn."
„Worum ging es bei dem Streit?" Nach allem, was sie schon gehört hat, ist Julia gespannt auf seine Geschichte.
„Dass ich nach dem Abitur Betriebswirtschaft studiere und in seine Firma einsteige, stand für meinen Vater von Anfang an fest. Schon während der Schulzeit musste ich in den Ferien Praktika dort absolvieren, um das Unternehmen von der Pike auf kennenzulernen. Jedoch hatten wir sehr unterschiedliche Auffassungen von der Unternehmensführung. Ich war der Meinung, dass er seine Angestellten und Lieferanten zu schlecht behandelte. Ich wollte die Mitarbeiter vor ihm schützen und bessere Arbeitsbedingungen für sie schaffen. Außerdem fand ich einen fairen Umgang mit den Lieferanten angemessener. Respekt und Rücksicht anstatt Ausbeutung. Er sah das ganz anders und war nicht bereit, sich zu ändern. Er war der Alleinherrscher in seinem Imperium und alle hatten sich nach dem zu richten,

was er für richtig hielt. Das konnte ich mit meinem Gewissen nicht vereinbaren. Und weil ich nun eben eine andere Meinung vertrat als er, habe ich das Unternehmen verlassen und zudem den Kontakt zu ihm abgebrochen. Meine Werte wollte ich nicht aus den Augen verlieren."
„Dann gehören Sie ebenfalls zu denen, die ziemlich wütend auf ihn waren", stellt Julia fest.
„Das kann man so sagen, ja. Als ich noch ein Kind war, hat er schon alles daran gesetzt, mich nach seinen Wünschen zu formen. Er wollte Einfluss auf meinen Umgang mit anderen Menschen nehmen und ich musste in allem, was ich tat, der Beste sein. Der Zweite ist der erste Verlierer war sein Motto. Hatte ich eine drei auf dem Zeugnis musste ich in den Schulferien jeden Tag lernen, während meine Freunde draußen spielten oder in ein Feriencamp fuhren. Nicht einmal meine Mutter konnte mir helfen. Was mein Vater sagte war Gesetz. Deshalb hat meine Mutter es nicht lange mit ihm ausgehalten. Sein übertriebener Ehrgeiz, seine Launen und der unmögliche Umgang mit seinem Umfeld waren die Gründe, dass sie sich von ihm trennte als ich zehn war. Mit Hilfe seiner Anwälte schaffte er es, dass ihm das alleinige Sorgerecht zugesprochen wurde. Materiell hat es mir in meiner Jugend nie an etwas gefehlt. Ich war technisch, sowohl das Handy als auch den Computer betreffend, immer auf dem neuesten Stand und hatte als erster aus meinem Freundeskreis ein eigenes Auto, einen nagelneuen Sportwagen. Mit sechzehn war ich ein Jahr als Austauschschüler in den USA, um perfekt Englisch zu lernen. Glauben Sie mir, ich habe das alles nicht gebraucht. Ich hätte viel lieber ein ganz normales Leben geführt. Mein Vater hat immer versucht, mir seinen Willen aufzuzwängen, doch als ich älter wurde, habe ich

mir das nicht mehr gefallen lassen. Aber ich habe ihn nicht umgebracht, falls Sie darauf hinaus wollen. Ich war zur Tatzeit in einer Bar in Wiehl und habe mich betrunken."
„Gibt es dafür Zeugen?"
„Der Barkeeper kann es bestätigen. Ich habe den ganzen Abend an der Theke gesessen und er hat mir irgendwann nach Mitternacht ein Taxi gerufen. Das können Sie gerne überprüfen."
„Das werden wir", verspricht Alexander. „Ab wie viel Uhr waren Sie dort?"
Michael Storm überlegt. „Ich bin direkt von der Arbeit aus dorthin gefahren und müsste so gegen, ja, ungefähr neunzehn Uhr eingetroffen sein."
„Wann haben Sie Ihren Vater zuletzt gesehen?"
„Das ist schon ein paar Tage her. Ich weiß es gar nicht mehr so genau. Ich glaube, ich bin ihm vorletzte Woche beim Einkaufen in Gummersbach in der Fußgängerzone begegnet. Wir haben aber kein Wort miteinander geredet. Er ist grußlos an mir vorbeigelaufen und hat durch mich hindurch gesehen."
„Was wissen Sie eigentlich über den Unfall von Anna-Maria Hever?", fragt Julia plötzlich. Alexander sieht seine Kollegin strafend an, seine dunklen Augen funkeln drohend. „Warum um alles in der Welt sprichst du dieses Thema an?", scheint sein Blick zu fragen.
Michael Storm runzelt die Stirn und zögert einen Augenblick. „Was hat Anna-Marias Unfall mit dem Tod meines Vaters zu tun?", fragt er erstaunt.
„Nichts, gar nichts", erwidert Alexander schnell. Er steht auf und will sich verabschieden.
Doch Julia lässt sich nicht von ihrer Frage abbringen, zumal sie glaubt, gesehen zu haben, dass Michael kaum

merklich zusammengezuckt war. „Ihr Vater wurde damals von Anna-Maria beschuldigt, der Unfallverursacher gewesen zu sein."

„Ja, das ist richtig. Aber es gab mehrere Zeugen, die ausgesagt haben, dass er zum Unfallzeitpunkt in Köln auf einem Geschäftsessen war!"

„Glauben Sie das?"

„Ich weiß nicht, worauf Sie hinaus wollen…" Michael sieht Julia unsicher an.

„Entschuldigen Sie. Meine Kollegin ist manchmal etwas übereifrig. Das war es eigentlich fürs Erste, Herr Storm. Wenn Ihnen noch irgendetwas einfällt, zum Beispiel, ob Ihr Vater weitere Feinde hatte, melden Sie sich bitte bei uns", schaltet sich Alexander ein und reicht ihm seine Visitenkarte. Dann deutet er Julia unmissverständlich an zu gehen.

„Sag mal, was sollte das eben? Mit solchen Äußerungen kannst du unsere ganzen Ermittlungen gefährden! Ist dir das eigentlich klar?", schimpft Alexander wütend, als sie zum Auto gehen. Eine steile Zornesfalte hatte sich auf seiner Stirn gebildet und das ist ein untrügliches Indiz dafür, dass es besser ist, sich zurückzuhalten.

„Es tut mir leid, dass ich wieder davon angefangen habe. Aber er war doch auch nicht gut auf seinen Vater zu sprechen und ich dachte, vielleicht weiß er die Wahrheit und jetzt, wo Storm tot ist, bricht er sein Schweigen", entschuldigt sich Julia kleinlaut. Im Grunde genommen weiß sie, dass solche unüberlegten Fragen fatale Auswirkungen haben können.

„Jetzt hör mir mal gut zu", sagt Alexander ernst und bleibt stehen. „Ich habe nichts dagegen, wenn du dir die alten

Akten noch einmal ansiehst. Aber ich will nicht, dass du die Angehörigen des Toten auf Dinge ansprichst, die bereits durch ein Alibi widerlegt sind, das gleich von mehreren Personen bestätigt wurde. Wenn du dich nicht daran hältst und weiter eigenmächtig handelst, muss ich dich von diesem Fall abziehen. Ist das bei dir angekommen?"
„Ja, ich habe verstanden", stimmt Julia zerknirscht zu. Sie ist auf dem besten Wege, Dinge zu sehen, die sie sehen will, obwohl die Fakten dagegen sprechen. „Ich werde mich ab jetzt zusammenreißen", verspricht sie. Von ihrem Vorhaben, die alten Akten einzusehen, wird sie jedoch nicht abweichen.
„Gut. Was hältst du von Michael Storm?", fragt Alexander etwas versöhnlicher, als sie in sein Auto steigen.
„Er macht keinen Hehl daraus, dass er seinen Vater gehasst hat. Wenn der Barkeeper sein Alibi bestätigt und er tatsächlich von neunzehn Uhr bis nach Mitternacht dort gewesen ist, kann er es nicht gewesen sein. Allerdings könnte er einen Killer engagiert haben, der die Drecksarbeit für ihn erledigt, während er sich in der Öffentlichkeit zeigt, um ein sicheres Alibi zu haben. Durch die heftigen Auseinandersetzungen mit seinem Vater hat er definitiv ein Motiv und konnte sich ausrechnen, sofort als verdächtig zu gelten, wenn diesem etwas zustößt. Obwohl, wenn ich ehrlich sein soll, traue ich ihm einem Mord nicht zu."
Alexander nickt zustimmend. „Auf mich macht er auch eher den Eindruck eines Idealisten. Er will die Welt verbessern und das auf seine eigene Art und Weise und nicht mit Gewalt. Ich sage Erik Bescheid, er soll sein Alibi überprüfen. Lass uns jetzt nacheinander mit den vier Geschäftsfreunden sprechen, mit denen Kurt Storm in Köln auf einem Geschäftsessen war, als Anna-Maria Hever den Un-

fall hatte. Vielleicht haben sie einen Hinweis aus dem geschäftlichen Bereich. Wir fangen mit Werner Rabe an, der wohnt in Oberwiehl."

Werner Rabe ist überrascht, als die Kommissare vor seiner Tür stehen und mit ihm sprechen wollen.
„Was will denn die Kriminalpolizei von mir?", fragt er erstaunt und sieht von einem zum anderen.
„Es geht um Kurt Storm. Sie haben sicherlich schon von seinem Tod gehört. Dürfen wir herein kommen?", bittet Julia, nachdem sie ihren Dienstausweis gezeigt hat.
„Ja, natürlich", erwidert Rabe und führt sie ins Wohnzimmer, in dem drei weitere Männer sitzen. „Nehmen Sie doch bitte Platz. Wenn ich Ihnen die Herren vorstellen darf: Das sind Klaus Richertz, Hans Menge und Hermann Weger."
Julia stutzt und sieht Alexander an. Dieser scheint genauso überrascht wie sie zu sein.
„Das ist ja ein Zufall. Mit Ihnen wollten wir nämlich ebenfalls sprechen. Dann können wir uns die Wege sparen", sagt Alexander, als er sich auf einem Stuhl am Esstisch niederlässt und sich im Raum umsieht. Auf dem Tisch stehen vier Gläser und eine Flasche Whisky. Wahrscheinlich mussten sie die Nachricht vom Tode ihres Geschäftsfreundes erst einmal verdauen.
„Der Tod von Kurt Storm ist eine schreckliche Geschichte. Wir sind alle sehr betroffen darüber und können es kaum fassen. Seine Witwe hat unser vollstes Mitgefühl. Aber sagen Sie, wie können wir Ihnen helfen?" Werner Rabe sieht Alexander fragend an.
„Wahrscheinlich haben Sie auch schon gehört, dass es sich um Mord handelt", vermutet Alexander.

„Es war Mord?" Werner Rabe sieht den Kommissar entsetzt an. „Nein, das war uns nicht bekannt. Das ist ja furchtbar! Wer tut denn so etwas? Wir haben nur gehört, dass sein Haus gebrannt hat und er in den Flammen ums Leben gekommen ist. Weiß man denn schon Näheres?"
„Darüber können wir Ihnen keine Auskunft geben. Kurt Storm war ein sehr erfolgreicher Geschäftsmann. Wissen Sie, ob er irgendwelche Neider oder gar Feinde hatte?"
Die Männer sehen sich betreten an und schweigen. Erst nach einer Weile beginnt Hans Menge zu reden. „Wir wollen natürlich niemanden zu Unrecht beschuldigen, aber…"
„Aber…?", hakt Julia nach.
„Sie kennen die Geschichte, dass Kurt Storm angeblich Schuld an einem tödlichen Unfall gewesen sein soll und dass das Gericht ihn freigesprochen hat, weil er zum Unfallzeitpunkt mit uns auf einem Geschäftsessen in Köln war?"
„Ja, der Fall ist uns bekannt."
„Nun, sowohl Christian Wandts als auch Anna-Maria Hevers Vater haben Kurt nach dem Freispruch auf das Übelste beschimpft. Sie haben ihm damit gedroht, dass er eines Tages seine gerechte Strafe bekommen wird. Sie waren nicht davon abzubringen, dass er der Unfallverursacher war, obwohl das Gegenteil bewiesen wurde. Beide Familien sind total besessen von dem Gedanken, dass Kurt in dem anderen Auto saß, weil dies das Mädchen nach dem Unfall ausgesagt hat. Na ja, irgendwie kann man ihre Aufgebrachtheit verstehen. Sie suchen mit allen Mitteln nach einem Schuldigen für diese Katastrophe. Der tatsächliche Unfallverursacher wurde ja nie ermittelt."
„Ansonsten kann ich mir nicht vorstellen, dass Kurt Feinde hatte", bemerkt Hermann Weger.

„Wo waren Sie alle gestern zwischen neunzehn und einundzwanzig Uhr?"

„Sind wir etwa verdächtig?"

„Das ist eine reine Routinefrage", beruhigt Julia die Geschäftsleute, während sie sie genau beobachtet und sich fragt, ob ihre Bestürzung echt ist.

Nacheinander geben die vier Männer an, wo sie sich zur Tatzeit aufgehalten haben und wer das bezeugen kann. Julia notiert alles sorgfältig in ihrem Notizbuch, damit sie die Daten an Erik weitergeben kann, der die Alibis überprüfen soll.

„Gut, das war es dann erst einmal", bedankt sich Alexander und die beiden verabschieden sich. „Wenn Ihnen noch etwas einfällt, melden Sie sich bitte."

Während die Kommissare zum Auto gehen, telefoniert Alexander mit Marcel, der zusammen mit seinen Mitarbeitern Kurt Storms Büro nach Hinweisen auf ein mögliches Mordmotiv durchsucht. Erik hat in der Zwischenzeit bereits das Alibi von Michael Storm überprüft. Der Barkeeper hat bestätigt, dass dieser von ungefähr neunzehn Uhr bis nach Mitternacht dort gewesen war und sich hemmungslos betrunken hatte.

„Damit scheidet Michael Storm als Täter aus", sagt Alexander, nachdem er das Gespräch mit Marcel beendet hatte.

„Das habe ich nicht anders erwartet. Bleibt also nur noch die Möglichkeit, dass er einen Killer engagiert hat. Wir werden später mal checken, mit wem er in den letzten Tagen telefoniert hat. Vielleicht hat er mit jemandem Kontakt gehabt, den wir in unserer Datenbank gespeichert haben. Die Geschäftsfreunde haben allerdings auch davon gespro-

chen, dass die Familien der Unfallopfer Kurt Storm gedroht haben. Sowohl die Hevers als auch die Wandts haben sich innerhalb der Familie Alibis gegeben. Es ist also nicht auszuschließen, dass tatsächlich jemand von ihnen der Täter ist", überlegt Julia und zieht die Stirn in Falten. „Wir müssen unbedingt weiter in diese Richtung recherchieren."
„Du hast Recht. Von allen, die Kurt Storm gehasst haben, haben diese beiden Familien die stärksten Motive. Aber zuerst fahren wir zu seinem Büro, um zu sehen, ob die Spurensicherung dort etwas Interessantes entdeckt hat."

12

Von Oberwiehl aus fahren die Kommissare direkt zu Kurt Storms Büro in Gummersbach, wo die Kollegen der Spurensicherung bereits seit einiger Zeit damit beschäftigt sind, Hinweise auf dessen Mörder zu suchen.
Das Chefbüro ist stilvoll eingerichtet mit hochwertigen, schwarzen Büromöbeln. Die Bronzeskulpturen auf dem Regal sind garantiert keine Massenware, das Bild hinter dem Schreibtisch sieht nach Kandinsky aus. Technisch war Kurt Storm auf dem neuesten Stand: Beamer, Laptop und ein hochmoderner Drucker. Luxus, wohin man sieht.
„Habt ihr schon etwas entdeckt", fragt Alexander, als die Kommissare das Büro betreten und die Kollegen der Spurensicherung begrüßt haben.
„Leider noch nicht. Aber wir haben hinter einem der Gemälde einen Tresor entdeckt. Bislang ist es uns jedoch noch nicht gelungen, ihn zu öffnen", erklärt Marcel.
„Geschafft", ruft plötzlich einer der Kollegen. „Er ist offen. Kurt Storm hat die Zahlenkombination auf der Unterseite seines Briefbeschwerers vermerkt." Er deutet auf einen silbernen Adler, der auf dem Schreibtisch steht und edel und teuer aussieht.
Alexander und Julia treten interessiert an den Tresor heran. Wenn sie in seinem Büro etwas finden würden, was ein Mordmotiv liefern könnte, dann liegt es mit an Sicherheit grenzender Wahrscheinlichkeit in diesem Safe. Alexander streift sich Handschuhe über, um den Inhalt herauszunehmen und ihn auf dem großen Schreibtisch auszubreiten. Neben fünfzigtausend Euro in bar und einer Pistole, für die

Storm einen Waffenschein besessen hatte, befinden sich jede Menge Unterlagen darin. Julia, die sich ebenfalls Handschuhe überzieht, und Alexander beginnen, die Papiere sorgfältig durchzusehen. Minutenlang blättern sie Mappe für Mappe und Blatt für Blatt durch, ohne etwas Interessantes zu entdecken. Doch dann werden sie fündig.
„Na sieh mal einer an! Was haben wir denn hier?", entfährt es Julia, als sie auf einen schwarzen Schnellhefter stößt. Sie nimmt ihn aus dem Stapel heraus, setzt sich auf einen Stuhl und beginnt zu blättern. „Das ist ein Ehevertrag."
„Und? Was steht drin?", fragt Alexander neugierig.
„Nicht so ungeduldig, ich muss ja erst einmal lesen", murmelt Julia in den Vertrag vertieft.
„So ein Mistkerl", schimpft sie nach einer Weile. Sie sieht auf und schüttelt den Kopf. „Hierin wurde vereinbart, dass seine Frau bei einer Scheidung lediglich einen geringen monatlichen Betrag erhält."
„Nach all dem, was wir bisher über ihn gehört haben, ist das nicht weiter verwunderlich", sagt Alexander, während er weiter in dem Stapel Unterlagen blättert.
„Sie hätte monatlich zweitausend Euro von ihm erhalten. Das reicht bei weitem nicht aus, um den bisherigen Lebensstandard beizubehalten. Sie hätte davon gut leben können, doch im Verhältnis zu dem, was er verdient, ist das eine Frechheit!"
Alexander zieht eine weitere Mappe aus dem Stapel hervor und pfeift anerkennend durch die Zähne. „Die Lebensversicherung ist nicht von schlechten Eltern: eine Million Euro im Todesfall. Begünstigte: seine Ehefrau."
„Für Jana Storm lohnt sich sein Tod zweifelsohne. Sie hätte ausgesorgt und es wäre eine ganz andere Perspektive, als den Rest ihres Lebens mit diesem Tyrann zu verbrin-

gen, der sie an der kurzen Leine hält. Wenn du mich fragst, hat sie damit auch ein starkes Motiv. Die Nachbarn haben doch ausgesagt, dass sie häufig gestritten haben. Vielleicht hat sie es wirklich nicht mehr mit ihm ausgehalten und bevor sie mit fast leeren Händen dasteht..."

Alexander grübelt. „Wie lange braucht man eigentlich, um von Frankfurt nach Wiehl zu fahren?"

Julia überlegt. „Ungefähr eineinhalb Stunden. Es wäre also kein Problem für sie gewesen, zurück zu kommen, den Mord zu begehen und wieder nach Frankfurt zu fahren. Ihr Bruder hat zwar ausgesagt, dass sie die ganze Zeit über bei ihm war, aber das könnte auch gelogen sein. Sie könnte ein Auto ihrer Verwandten ausgeliehen, es in Hübender oder Abbenroth geparkt haben und zu Fuß durch den Wald von hinten an das Anwesen herangekommen sein. Das hätte niemand bemerkt, immerhin war es zum Tatzeitpunkt schon dunkel."

„Das ist richtig", erwidert Alexander nachdenklich, als er den Stapel Papiere weiter durchwühlt. „Selbst wenn einer der Nachbarn etwas bemerkt hätte, hätte man uns das mit Sicherheit nicht mitgeteilt." Dann stockt er. „Hier ist noch etwas. Ein Kreditvertrag zwischen Kurt Storm und einem Wilhelm Klaußen." Alexander blickt auf. „Wilhelm Klaußen? Das ist doch der Nachbar von dem Jana Storm sagte, dass er wegen Geldes Streit mit ihrem Mann hatte!"

„Das stimmt. Wie hoch ist die Summe?"

„Fünfzigtausend Euro, zurückzuzahlen in zwanzig Monatsraten. Abgeschlossen vor einem Jahr. Dieser Halsabschneider! Der verlangt von seinem Nachbarn doch tatsächlich dreißig Prozent Zinsen! Das ist ja Wucher! An Wilhelm Klaußens Stelle wäre ich auch sauer, wenn mein Nachbar eine Notsituation derart schamlos ausnutzt. An-

ders kann man es wohl nicht nennen, wenn man sich von solch einem Ekel Geld leihen muss und das zu diesem Zinssatz. Wahrscheinlich kann er diese horrenden monatlichen Rückzahlungsbeträge gar nicht aufbringen."
„Dann reiht er sich in die Riege derer ein, die ein starkes Motiv haben. Vielleicht wollte er Kurt Storm um eine Stundung bitten, der hat aber nicht mit sich reden lassen. Und weil Klaußen sich nicht anders zu helfen wusste, hat er Storm ermordet."
„Hier ist sein Testament", sagt Julia und beginnt das Dokument zu lesen. „Hiernach erben seine Frau und sein Sohn zu gleichen Teilen sowohl das Privatvermögen als auch seine Firma. Aber warte mal…" Julia blättert weiter. „Hier ist ein weiteres Testament verfasst. Danach erbt seine Frau allein und sein Sohn erhält nur den Pflichtteil. Allerdings ist es nur ein Entwurf, es ist nicht unterschrieben."
Alexander nimmt ihr das Testament aus der Hand, um es zu betrachten. „Wie es aussieht, hatte Kurt Storm nach dem Streit mit seinem Sohn tatsächlich geplant, sein Testament zu ändern. Wenn Michael Storm das herausgefunden hat, dann erhärtet sich der Verdacht gegen ihn auch wieder. Immerhin gingen ihm so Millionen durch die Lappen."
„Ja, aber der Barkeeper hat sein Alibi bestätigt. Es bleibt also lediglich die Variante mit dem Killer", unterbricht ihn Julia.
„Mann oh Mann!", stöhnt Alexander. „Ich habe noch nie einen Fall bearbeitet, bei dem wir einen derart großen Kreis potentieller Täter hatten. Aber Storm war nun mal eine skrupellose Person."
„Vielleicht finden wir sogar noch mehr Verdächtige. Wir haben schließlich noch nichts über die Nachbarn auf der

anderen Seite erfahren. Doch das werden wir alles Morgen bearbeiten. Es ist schon spät."

„Was hast du heute Abend vor?", fragt Alexander, als sie nach der Rückkehr aufs Revier gemeinsam Feierabend machen und zu ihren Autos gehen.
„Ich fahre direkt nach Hause. Anita und ich wollen endlich mal wieder zusammen ausreiten. Was hast du geplant?"
Er zuckt mit den Schultern und blinzelt in die tiefstehende Sonne. „Gar nichts. Das Wetter ist noch so gut, vielleicht gehe ich eine Runde joggen. Ich war lange nicht mehr laufen. Dann wünsche ich euch beiden viel Spaß. Bis morgen", verabschiedet sich Alexander und steigt in seinen Wagen.
Julia sieht ihm nachdenklich hinterher, als er vom Parkplatz fährt. Wenn sie nicht schon verabredet gewesen wäre, hätte er sicher gefragt, ob sie noch zusammen etwas trinken gehen sollten. Schade, dass sie ausgerechnet heute schon verplant ist, sonst hätte sie die Einladung gerne angenommen. Die Freitagabende, an denen sie gemeinsam im Kino gewesen waren, waren immer sehr schön und vor allen Dingen amüsant gewesen. Sie ist Alexander sehr dankbar dafür, dass er sie, als sie vor einem halben Jahr neu in Gummersbach war, unter seine Fittiche genommen und ihr gezeigt hatte, wo man in der Umgebung gut Essen oder Billard spielen kann. Aber Anita kann und will sie nicht einfach absagen.
„Ich habe die Pferde schon von der Weide geholt", empfängt Anita Julia, als diese zwanzig Minuten später zu Hause eintrifft.
Seit einem halben Jahr wohnt Julia in der Einliegerwohnung in Anitas Haus am Ortsrand von Börnhausen. Die

beiden Frauen haben sich auf Anhieb verstanden und sind in dieser kurzen Zeit gute Freundinnen geworden. Beide sind naturverbunden und pferdebegeistert und Julia hat die Möglichkeit, jederzeit auf Anitas Pferden auszureiten. Von ihrem Wohnzimmer aus blickt Julia direkt in den Garten, der sich in den Sommermonaten in ein wahres Blütenmeer verwandelt. Sie fühlt sich rundum wohl dort und die Eingewöhnung in der neuen Umgebung ist ihr weder auf ihrer Dienststelle noch in ihrem neuen Zuhause schwer gefallen.

„Dann ziehe ich mich schnell um", entgegnet Julia, läuft ins Haus, macht sich kurz frisch, zieht Reithose, Stiefel und eine Weste an und steht fünf Minuten später mit dem Reithelm in der Hand wieder vor der Tür. In der Zwischenzeit hat Anita die Pferde gesattelt, so dass sie sofort losreiten können und noch eine gute Stunde Zeit haben, bis es dunkel wird.

„Wie war dein Tag?", fragt Anita, als sie hinter der an Börnhausen grenzenden Ortschaft Wald nach rechts in einen Waldweg einbiegen und die Pferde in gemütlichem Schritt nebeneinander gehen.

„Ziemlich nervenaufreibend", antwortet Julia. Anita weiß, dass sie über ihre Ermittlungen nicht sprechen darf und fragt auch nicht weiter nach. „Ich bin froh, jetzt ein bisschen den Kopf frei zu bekommen. Und wie war dein Wochenende?"

„Ziemlich erfolgreich. Ich habe gestern einen großen Auftrag von einem neuen Kunden an Land gezogen, mit dem ich bestimmt zwei Wochen ausgelastet bin", erzählt sie fröhlich. „Und wenn alles gut läuft, erhalte ich sogar Folgeaufträge."

„Das hört sich toll an", freut sich Julia für ihre Freundin. Anita arbeitet als selbständige Übersetzerin für Englisch und Französisch.

„Ja, nach zwei eher ruhigeren Wochen kann ich den Auftrag gut gebrauchen. Allerdings heißt das auch wieder, dass ich nicht immer um siebzehn Uhr Feierabend machen kann."

„Mach dir deswegen keine Sorgen. Natürlich kümmere ich mich in dieser Zeit um die Pferde, das ist doch selbstverständlich", sagt Julia entschieden. Schließlich hatte Anita auch schon öfter Einkäufe und kleinere Besorgungen für sie erledigt, wenn sie Spät- oder Wochenenddienst gehabt hatte.

„Das ist lieb von dir, Julia", sagt Anita erleichtert. „Ich bin so froh, eine Mieterin wie dich zu haben und dass wir uns gegenseitig aushelfen können."

„Ich auch. Wie wäre es mit einem kurzen Galopp?", fragt Julia, als sie nach ein paar Minuten die Straße, die von Wald nach Jennecken führt, überquert haben und die lange Gerade nach Kreuzheide vor ihnen liegt.

„Na klar, auf geht´s!"

Beide treiben ihre Pferde an und jagen im gestreckten Galopp den Waldweg entlang. Der kalte Wind weht ihnen ins Gesicht, doch das macht Julia nichts aus. Sie liebt diese Ausritte, sie liebt den Geruch der Pferde und sie liebt den Geruch des Leders von Sätteln und Zaumzeug.

Nach ein paar hundert Metern parieren sie die Pferde wieder durch und reiten im Schritt nebeneinander her. Schweigend genießen sie die Ruhe und die wundervolle Herbstlandschaft. An der nächsten Kreuzung biegen sie nach rechts ab und folgen dem Weg Richtung Drabenderhöhe. Das Laub der Bäume, die ihren Weg rechts und links säumen, leuchtet feuerrot und gelb und Julia atmet die kalte klare Luft ein. Niemand begegnet ihnen, die Stille ist herrlich beruhigend. Nur das Knirschen der Sättel und Hufgetrappel ist zu hören. Kurz vor Drabenderhöhe am Waldrand machen sie kehrt und reiten den gleichen Weg wieder zurück. Als sie die Kreuzung erreichen, an der sie vorhin rechts abgebogen waren, folgen sie dem Weg weiter im Bogen nach rechts. Auf der rechten Seite liegt die kleine Ortschaft Nallingen, eingebettet in Wälder und Wiesen. Auf der linken Seite können sie Steinacker sehen, das von den letzten Strahlen der Abendsonne in ein kräftiges Orange getaucht wird. Bevor sie Kreuzheide erreichen, biegen sie links in den Wald ab nach Fahlenbruch, von wo aus sie in gemächlichem Schritt über Hau und Gassenhagen zurück nach Börnhausen reiten.

Auf dem Weg nach Hause hält Alexander noch bei einer Pizzeria an, um sich eine Pizza Salami und einen kleinen Salat mitzunehmen. Eigentlich hatte er gehofft, Julia hätte an diesem Abend noch nichts vorgehabt und sie wären zusammen Essen gegangen. Leider war dem nicht so und da Kochen nicht zu seinen Stärken gehört, gibt es heute eben sein Lieblingsessen.
Während er mit dem Pizzakarton in der Hand die Treppe zu seiner Wohnung - immer zwei Stufen auf einmal nehmend - hochläuft, ist er in Gedanken noch bei den Befragungen des heutigen Tages. Er zuckt erschrocken zusammen, als er eine Stimme direkt neben sich vernimmt. Er hat nicht bemerkt, dass jemand auf der Treppe neben seiner Wohnungstür sitzt.
„Gut, dass du eine große Pizza mitgebracht hast. Ich habe einen Bärenhunger", sagt Maja, steht auf, schwingt ihren Rucksack über die Schulter und nimmt ihm den Pizzakarton aus der Hand. „Hm, lecker. Salami esse ich auch am

liebsten", sagt sie, nachdem sie den Deckel geöffnet hat.

„Was machst du denn hier?", fragt Alexander überrascht und schaut seine kleine Schwester skeptisch an. Wenn sie auftaucht ist meistens Chaos vorprogrammiert.

„Ich übernachte heute bei dir", erklärt sie ihrem erstaunten Bruder. „Hab Stress zu Hause."

„Ach, das ist ja mal etwas ganz Neues", erwidert Alexander spöttisch und öffnet die Wohnungstür. Den ruhigen Fernsehabend mit Bier und Krimi kann er abhaken. „Was ist es denn diesmal? Willst du ein neues Tattoo? Oder jetzt vielleicht doch eher einen Ring durch die Nase?"

„Ha ha, wirklich sehr komisch, Brüderchen. Nein, ich will die Schule schmeißen", sagt sie beiläufig, als sie zwei Teller aus dem Schrank und Besteck aus der Schublade holt und anschließend die Pizza mit einem großen Messer teilt, als wäre sie zum Essen eingeladen.

Alexander zieht die Augenbrauen hoch. „Und da machen unsere Eltern Stress? Sie stellen sich aber auch an!", sagt er ironisch, was ihm einen bitterbösen Blick seiner Schwester einbringt. Dann wird er deutlicher. „Sag mal, spinnst du? Du kannst doch nicht ein paar Monate vor dem Abitur die Schule schmeißen! Diese absehbare Zeit hältst du doch wohl noch durch. Oder hast du so schlechte Noten, dass du Angst haben musst, die Prüfungen nicht zu bestehen?"

„Eigentlich nicht, ich bin im guten Mittelfeld. Aber ich habe einfach keinen Bock mehr auf die Paukerei", erklärt sie.

„Was willst du denn stattdessen machen? Wie stellst du dir deine Zukunft vor? Hast du Pläne?"

Sie zuckt die Schultern. „Noch keine. Ich will erst mal ein Jahr nach Australien gehen und jobben. Und wenn ich

dann zurückkomme schaue ich mal, was für ein Beruf für mich in Frage kommt. Vielleicht bekomme ich ja in Australien eine Eingebung, was mir Spaß machen könnte. Irgendetwas wird sich schon ergeben."
Alexander schüttelt den Kopf. Das ist typisch für seine kleine Schwester. Manchmal glaubt er, dass sie im Krankenhaus vertauscht worden ist, denn sie passt von ihrer Art her so gar nicht zu ihm und ihren Eltern. Während der Rest der Familie zielstrebig und konsequent ist, ist Maja sprunghaft und lebt in den Tag hinein. Frei nach dem Motto: Es ist noch immer alles gut gegangen. Mit dieser Einstellung hatte sie ihre Eltern schon mehr als einmal zur Weißglut gebracht.
„Mensch Maja, du musst doch langsam mal eine Vorstellung von deiner Zukunft haben, du bist immerhin schon achtzehn. Wenigstens eine Tendenz, in welche Richtung es gehen soll, ob Ausbildung oder Studium."
„Du hast es gerade auf den Punkt gebracht. Ich bin achtzehn und damit kann ich tun und lassen was ich will. Also werde ich die Schule beenden, ob das Mama und Papa passt oder nicht. Sie haben mir nichts mehr zu sagen", entgegnet sie trotzig und schiebt sich ein übergroßes Stück Pizza in den Mund.
Alexander seufzt. Mit ihrer bockigen Art macht sie es einem wirklich nicht leicht. „Diese Phase kenne ich. Die Einstellung, dass einem keiner mehr reinzureden hat, hatte ich auch mit achtzehn. Aber ich habe schnell erkannt, dass eine gute Ausbildung das Beste ist, was unsere Eltern uns mitgeben können. Mach nicht den Fehler und wirf das einfach so weg. Glaub mir, du würdest es eines Tages bereuen. Wenn du nächstes Jahr das Abi gemacht hast, kannst du immer noch nach Australien gehen."

„Das sagen die beiden auch", gibt Maja zu.
„Na siehst du."
„Aber ich habe einfach keine Lust mehr zum Lernen", mault sie weiter.
„Was wollen denn deine Freunde nach dem Abi machen?"
„Die wollen studieren, Jura, Lehramt oder Medizin."
„Hast du denn so gar keine Idee, was du machen möchtest? Wenn du nicht willst, musst du doch nicht studieren. Du kannst ja auch zum Beispiel eine Banklehre machen oder eine Ausbildung bei einer Versicherung."
Maja schüttelt heftig mit dem Kopf. „Nee, das ist mir alles zu langweilig. Ich will nicht den ganzen Tag im Büro hocken, sondern etwas Spannendes machen und in der Welt herumkommen."
Alexander überlegt eine Weile, während er ebenfalls zu essen beginnt. Er möchte seiner kleinen Schwester helfen, den richtigen Weg einzuschlagen, damit sie sich nicht den Start in ihre berufliche Zukunft verbaut. „Was machst du denn gerne?"
Maja sieht von ihrer Pizza auf. „Zeichnen, malen und fotografieren", zählt sie auf.
„Dann mach doch einfach eine Ausbildung zur Fotografin", schlägt Alexander vor.
Nach einer Weile, die ihm wie eine Ewigkeit vorkommt, beginnen Majas blauen Augen zu leuchten. „Na klar, das ist es. Als Fotografin habe ich ganz viele Möglichkeiten, mich für ein Gebiet zu entscheiden. Ich kann zum Beispiel für eine Werbeagentur oder eine Zeitung arbeiten oder aber - und das wäre bestimmt das Richtige für mich - für ein Reisemagazin. Mensch Alexander, ich habe schon tausend Ideen. Ich könnte Fotos für Bildbände oder Kalender machen und um die Welt reisen, fremde Kulturen kennen-

lernen und sogar die hintersten Winkel der Erde besuchen. Und das bekomme ich dann auch noch bezahlt! Etwas Besseres kann es doch gar nicht geben. Ich werde mich gleich morgen bei der Berufsberatung darüber informieren", sprudelt es aus ihr hervor. Ihre Begeisterung ist aus jedem Satz herauszuhören.

„Schön, dass du dir den Job als Fotografin vorstellen kannst", freut sich Alexander. Außerdem läuft er jetzt nicht mehr Gefahr, den Abend mit einer übel gelaunten kleinen Schwester verbringen zu müssen. „Was machen wir jetzt? Sollen wir uns eine DVD anschauen oder eine Runde Karten spielen?", schlägt er vor.

„Ähm, wenn du mir nicht böse bist, dann gehe ich nach dem Essen doch lieber wieder nach Hause. Ich möchte den beiden von meinem Berufswunsch erzählen und fragen, was sie davon halten. Schließlich muss ich mich schnellstmöglich bewerben, um nach dem Abi keine Zeit zu verlieren und direkt mit der Ausbildung beginnen zu können."

„Wieso sollte ich dir böse sein, wenn du jetzt endlich weißt, was du später werden möchtest?", entgegnet Alexander und schmunzelt zufrieden. Sprunghaft wie sie ist, erlebt er nun das andere Extrem, nämlich eine überaus engagiert wirkende Achtzehnjährige, die genau weiß, was sie will und das auch zügig umsetzen wird. Seinem ruhigen Fernsehabend steht nun nichts mehr im Weg.

13

Wilhelm Klaußen hat eine Fahne, als er den Kommissaren am nächsten Morgen die Tür öffnet. Während er in der Nacht von Freitag auf Samstag beobachtet hatte, wie Kurt Storms Haus brannte und die Feuerwehr die Leiche aus dem brennenden Gebäude zog, hatte er zur Feier des Tages eine große Flasche Cognac geöffnet und ein paar Gläser davon getrunken. Den Rest hatte er am gestrigen Abend geleert, denn ihm war immer noch nach Feiern zumute gewesen.

Der Mann im Rentenalter sieht ungepflegt aus, ist weder rasiert noch gekämmt und mit einem alten grauen Jogginganzug bekleidet, der schon an einigen Stellen kleine Löcher aufweist. Seine braunen Augen wirken glanzlos, seine Haltung ist leicht gebückt.

„Ich bin Kommissar Alexander Thiele, das ist meine Kollegin Julia Hauswald. Wir haben ein paar Fragen bezüglich des Mordes an Kurt Storm. Dürfen wir hereinkommen?"

Der alte Mann zögert einen Moment. Mit argwöhnischem Blick mustert er die Kommissare und sieht sich dann Alexanders Dienstausweis genau an. „Natürlich dürfen Sie hereinkommen", sagt er schließlich. „Aber was sagen Sie? Kurt Storm wurde ermordet? Ich dachte, er wäre bei dem Brand ums Leben gekommen."

„Nein, dem ist nicht so. Er wurde erstochen", widerspricht Alexander, als sie sich an den Esstisch setzen. „Haben Sie in der letzten Zeit etwas Verdächtiges bemerkt? Eine fremde Person in der Nähe des Hauses oder vielleicht ein unbekanntes Fahrzeug?"

„Nein, alles war normal wie immer", erwidert er gleichgültig.

„Wissen Sie, ob er Feinde hatte?"

„Feinde?" Wilhelm Klaußen lacht bitter. Dann schweigt er einen Augenblick und schaut auf seine Schuhe, die schon seit Wochen nicht mehr geputzt wurden. „Er war ein Arschloch und hatte viele Feinde. Außer zu seinen einflussreichen Geschäftsfreunden hatte er kaum soziale Kontakte, und die hatten mit Sicherheit nur Umgang mit ihm, weil Geld für sie dabei heraussprang. Die Nachbarn, mit denen er notgedrungen das ein oder andere Mal zu tun hatte, haben ihn gehasst, weil er sich ihnen gegenüber unmöglich verhalten hat. Und das ist noch nett ausgedrückt."

„Und was ist mit Ihnen?", fragt Julia und sieht den alten Mann forschend an. Er schweigt erneut. Auf seinem Gesicht ist keinerlei Reaktion abzulesen.

„Was hat er Ihnen angetan?", hakt Julia nach, als er nicht auf ihre Frage antwortet.

Wilhelm Klaußen ist unsicher, wie viel die Kommissare bereits wissen, er schweigt weiter.

„Kurt Storm hat Ihnen einen Kredit gegeben. Wir haben den Kreditvertrag in seinem Büro gefunden. Hat es Schwierigkeiten bei den monatlichen Rückzahlungen gegeben?", fragt Julia.

Der alte Mann sieht die Kommissarin erschrocken an. Leugnen ist also zwecklos.

„Also gut", sagt er resigniert. „Ich war in einer Notsituation. Ich hatte eine teure Krebsbehandlung, deren Kosten die Krankenkasse nicht übernommen hat. Ich brauchte dringend Geld, weil ich meine Ersparnisse bereits aufgebraucht hatte.

Kurt hat sich angeboten mir fünfzigtausend Euro zu leihen

zu dreißig Prozent Zinsen. Aber das ist Ihnen ja bekannt, wenn Sie den Vertrag gelesen haben. Er war ein Halsabschneider, aber in meinem damaligen Zustand konnte ich nicht anders, als das Angebot anzunehmen.

Wissen Sie, wenn man dem Tod ins Auge blickt, klammert man sich an jeden Strohhalm. Diese spezielle Krebsbehandlung war meine letzte Hoffnung, auch wenn die Chancen auf Heilung fünfzig zu fünfzig standen. Und sie hat mein Leben gerettet, ich bin tatsächlich geheilt. Da ich nicht das ganze Geld benötigt hatte, konnte ich den Restbetrag dazu verwenden, die ersten Raten zurückzuzahlen.

Leider konnte ich später mit meiner Rente allein die horrenden Beträge nicht mehr aufbringen. Ich muss noch teure Medikamente zur Nachbehandlung nehmen. Und zum Leben brauche ich schließlich auch noch etwas, Essen und Trinken, Strom, Gas, Wasser, das alles kostet. Ich habe versucht, mit ihm zu reden und ihm meine Situation erklärt, um einen Aufschub für die letzten Raten zu bekommen.

Doch er blieb unbarmherzig. Er sagte, wir hätten einen Vertrag und daran hätte ich mich zu halten. Wenn ich nicht zahlen könnte, müsste ich mein Haus verkaufen. Von Anfang an ist er nur darauf aus gewesen. Er wollte mein Grundstück, um dort einen Park mit Swimming-Pool anzulegen."

„Jetzt, wo Kurt Storm tot ist, sieht die Situation natürlich viel besser für Sie aus. Jana und Michael Storm lassen doch bestimmt über eine Stundung mit sich reden", provoziert ihn Alexander.

„Die beiden sind aufrichtige und ehrliche Menschen, die mit Sicherheit dazu bereit sind, eine für beide Seiten akzeptable Lösung zu finden", räumt der alte Mann ein.

„Dann ist Kurt Storms Ableben sozusagen ein Glücksfall für Sie", resümiert Julia. „Wo waren Sie vor zwei Tagen zwischen neunzehn und einundzwanzig Uhr?"
„Ich bin ehrlich, sein Tod stimmt mich nicht gerade traurig. Ich war den Abend allein hier. Aber ich habe ihn nicht umgebracht. An so einem Mistkerl mache ich mir doch nicht die Hände schmutzig und wandere für den Rest meines mir gerade geschenkten Lebens hinter Gitter!"

„Der alte Mann tut mir leid", sagt Julia, als sie am abgebrannten Haus der Storms vorbeigehen, um mit dem alten Ehepaar, das auf der anderen Seite wohnt, zu sprechen. „Er war todkrank und dieser Kerl hat die Situation schamlos ausgenutzt. Storm hat ganz genau gewusst, dass der Rentner diese hohen Raten nicht zurückzahlen kann.
Es ist einfach widerlich, mit dem Elend anderer Menschen Geschäfte zu machen. Aber ich an Wilhelm Klaußens Stelle hätte genauso gehandelt. Ich meine, wenn die Chancen auf Heilung fünfzig Prozent betragen, hätte ich mir ebenfalls einen Kredit geben lassen. Selbst zu diesen Zinsen, wenn ich von der Bank kein Geld bekommen hätte."
„Mir geht´s genau so", stimmt Alexander zu. „Es zeigt wieder einmal, was für ein schlechter Mensch Kurt Storm war und der Kreis der potentiellen Täter wird um eine Person erweitert. Obwohl…eigentlich kann ich mir den alten Mann nur schwer als wütenden Mörder vorstellen."
„Ich auch nicht", pflichtet Julia bei. „Aber jetzt sprechen wir erst einmal mit Martha und Karl-Heinz Noltemann."

Das alte Ehepaar ist gerade dabei, ihre Fensterbänke vom Ruß zu befreien.
„Das ist vielleicht eine Schweinerei. Eigentlich müsste

seine Versicherung für die Reinigung aufkommen", schimpft die Frau erbost, als sich Alexander und Julia nähern und als Kommissare ausweisen. Ohne aufzusehen bearbeitet sie verbissen mit einer Bürste das Fensterbrett, während ihr Mann mit einem Tuch die Scheiben abwischt. Dass dem Ehepaar Kurt Storms Tod offenbar weniger ausmacht als die verrußten Fensterbänke, erstaunt Julia keineswegs, denn Jana Storm hatte bereits angedeutet, dass ihr Mann mit ihnen Streit gehabt hatte.

„Ich habe das Gefühl, dass Ihnen der Tod Ihres Nachbarn nicht sehr nahe geht", stellt Alexander nüchtern fest und wartet gespannt auf die Reaktion des Ehepaares.

Die Frau, die ihnen bisher den Rücken zugewandt hatte, zögert einen Augenblick, bevor sie sich umdreht und den Kommissar eine Weile nachdenklich ansieht.

„Wissen Sie, dieser Mistkerl hat es nicht anders verdient. Es ist seine Schuld, dass wir unsere Enkelkinder kaum noch sehen. Das ist schlimm für uns. Was er aber anderen angetan hat, ist noch viel schlimmer. Was erwarten Sie also von uns? Das wir uns wegen ihm die Augen ausheulen?", erwidert sie verbittert und sieht Alexander fragend an.

„Was meinen Sie damit, dass er Schuld ist, dass Sie Ihre Enkel nicht mehr sehen können?", hakt Julia nach.

Martha Noltemann wendet daraufhin ihren Blick von Alexander ab und sieht Julia an.

„Mein Mann hat vor einiger Zeit, als er mit dem Wagen aus der Einfahrt fahren wollte, versehentlich Storms Zaun beschädigt, ohne dass er es bemerkt hat. Es war nicht wild, nur ein paar Kratzer. Dieser Dreckskerl hat ihn daraufhin wegen Fahrerflucht angezeigt, ohne vorher ein Gespräch mit uns zu suchen. Wir hätten den Schaden doch ersetzt!

Deshalb hat man meinem Mann den Führerschein abgenommen. Hätte man die Sache unter Nachbarn nicht auch anders regeln können?" Ihre Stimme klingt bitter.

„Jedenfalls kommen wir jetzt kaum noch zu unseren Kindern nach München. Die Fahrt mit dem Zug und das Umsteigen ist viel zu anstrengend für uns. Wir müssen erst mit dem Bus nach Ründeroth, dann mit dem Zug nach Köln und dort wieder umsteigen und das, wo wir beide nicht mehr so gut zu Fuß sind. Wahrscheinlich hat er gehofft, dass wir deshalb hier wegziehen, und er sich unser Haus und das Grundstück unter den Nagel reißen kann. Also werden Sie wohl verstehen, dass wir diesem Mistkerl keine Träne nachweinen."

„Haben Sie in den letzten Tagen etwas Verdächtiges bemerkt? Eine fremde Person, die hier Beobachtungen angestellt hat? Oder ist Ihnen vielleicht ein fremdes Fahrzeug aufgefallen?"

„Nein, nichts dergleichen", erwidert Karl-Heinz Noltemann, der bisher wortlos hinter seiner Frau gestanden hatte, abweisend. „Und wenn wir etwas beobachtet hätten, wäre es das Letzte, dass wir diese Person verpfeifen würden. Schließlich hat sie vielen Menschen einen großen Gefallen getan!"

„Wo waren Sie Freitagabend zwischen neunzehn und einundzwanzig Uhr", will Julia noch wissen.

„Wir waren beide den ganzen Abend zu Hause und haben Fernsehen geschaut", entgegnet der Mann.

„Wann haben Sie das Feuer bemerkt?", fragt Alexander.

„Erst als die Feuerwehr eingetroffen ist."

„Ja, das war es dann erst einmal. Auf Wiedersehen", verabschiedet sich Alexander und die Kommissare gehen zurück zu ihrem Wagen.

„Von allen Befragten hören wir das gleiche: Niemand hat etwas gesehen oder gehört und keiner ist traurig über seinen Tod. Ich werde langsam das Gefühl nicht los, dass alle wissen, wer der Mörder ist und diesen decken", murmelt Alexander mürrisch.

„Den Eindruck habe ich allerdings auch. Irgendwie ist das ein ganz schrecklicher Fall. Alle, mit denen wir sprechen, haben eine mehr oder weniger traurige Geschichte zu erzählen. Und ich muss gestehen, dass ich mit den meisten von ihnen mitfühle."

„Ich weiß, aber das ist gefährlich. Du darfst dich nicht von deinen Gefühlen leiten lassen, dadurch kannst du den Blick für die Realität komplett verlieren. Bei diesem schwierigen Fall brauchen wir einen klaren Kopf, schließlich haben alle mit den traurigen Geschichten ein mehr oder minder starkes Mordmotiv", warnt Alexander.

Zurück auf dem Revier sucht sich Julia die Akte von Anna-Maria Hevers Unfall heraus. Alexander beobachtet sie dabei.

„Lass uns erst Mittagspause machen. Ich habe Hunger. Wir könnten eine Pizza essen gehen", schlägt er schließlich vor.

Julia sieht auf die Uhr. Eigentlich hat sie großen Hunger, und als sie darüber nachdenkt, dass sie seit sechs Stunden nichts mehr gegessen hat, beginnt ihr Magen laut zu knurren. Doch ihr Interesse an der alten Akte ist stärker als das Hungergefühl.

„Nein, ich möchte mir die Berichte von Anna-Maria Hevers Unfall ansehen", sagt Julia und füllt die Kaffeemaschine. Dann sucht sie in ihren Schreibtischschubladen vergeblich nach einem Schokoriegel oder etwas anderem

Essbaren. Enttäuscht schließt sie sie wieder.
Alexander seufzt. Er weiß, dass es keinen Zweck hat sie umzustimmen, dafür kennt er sie zu gut. „Soll ich dir etwas mitbringen?"
Julia strahlt. „Das wäre prima. Eine Pizza Salami hätte ich gerne", sagt sie dankbar.
„Alles klar, dann bis gleich."
Während Alexander zur Pizzeria geht, arbeitet sich Julia durch die Akte und liest einige Berichte. Dabei erkennt sie, dass Kurt Storm tatsächlich ein wasserdichtes Alibi hatte. Dass er sich zum Unfallzeitpunkt in einem Restaurant in Köln aufhielt, hatten sowohl die vier Geschäftsfreunde, als auch zwei der Kellner, die sie den ganzen Abend über bedienten, bestätigt. Die Aussagen aller Zeugen lagen schriftlich vor. Bei dieser Sachlage war es nicht weiter verwunderlich, dass das Gericht ihn freigesprochen hatte.
Allerdings hatte man am Unfallort Reifenabdrücke sichergestellt, die zum Profil der Reifen von Kurt Storms Geländewagen passten. Dieser Tatsache hatte man aber keine große Bedeutung beigemessen, da dieser Reifentyp in den letzten Jahren sehr häufig verkauft worden war.
Julia findet weder einen Anhaltspunkt, dass an dem Fall irgendetwas nicht stimmen würde, noch einen vielversprechenden Hinweis, dem sie vielleicht noch einmal nachgehen sollten. Nach Aktenlage ist der Fall eindeutig. Julia glaubt mittlerweile auch, dass sich Anna-Maria getäuscht haben muss. Ihr Tatendrang, den Fall neu aufzurollen, ist dahin. Sie sieht ein, dass Alexander recht gehabt hatte und will sich nun voll auf den aktuellen Fall konzentrieren.
Julia kreist mit dem Kopf. Erst links herum, dann rechts herum. Beim Durchsehen der Akte haben sich ihre Nackenmuskeln total verspannt. Sie ist froh, als die Tür auf-

geht und Alexander hereinkommt. „Pizzaservice!", ruft er und platziert mit einer galanten Handbewegung den Pizzakarton vor Julia auf dem Schreibtisch.

„Hm, lecker", sagt sie, als sie den ersten Bissen in den Mund schiebt.

„Und? Hast du etwas entdeckt?", fragt Alexander, als er die geschlossene Akte auf ihrem Schreibtisch liegen sieht.

Julia schüttelt den Kopf. „Nein, du hattest Recht. Kurt Storm hatte ein wasserdichtes Alibi. Das Einzige, was mir aufgefallen ist, man hat damals nicht geprüft, wo das Handy zur Tatzeit im Netz eingeloggt war. Aufgrund der vielen Zeugen hat man darauf wohl verzichtet. Nach der Beweislage hätte ich als Richter genauso entschieden. Ich werde also nicht weiter in dem alten Fall herumstochern, sondern mich voll auf den aktuellen konzentrieren", verspricht sie.

„Es ist gut, dass du das jetzt eingesehen hast."

14

Kurz nach Mittag treffen sich die Kommissare und ihre Kollegen Marcel und Erik zu einer Dienstbesprechung. Julia nimmt einen Stift und notiert auf der Flip-Chart die Namen der Personen, die ein Motiv für den Mord an Kurt Storm haben: Thomas, Birgit und Andreas Hever, Axel und Manuela Wandt, Jana und Michael Storm, Wilhelm Klaußen und Martha und Karl-Heinz Noltemann.
„Die Hevers und die Wandts haben eindeutig die stärksten Motive, weil sie nach wie vor fest davon überzeugt sind, dass Kurt Storm die Schuld an dem schrecklichen Unfall trägt und sich auf eine ganz feige Art und Weise seiner Verantwortung entzogen hat. Da sich die einzelnen Familienmitglieder gegenseitig Alibis geben, sind diese nicht viel wert. Jeder von ihnen könnte also der Mörder sein", führt Julia aus. „Jana Storm hat ebenfalls nur das Alibi ihrer Familie, das ebenso nicht viel wert ist. Sie könnte in zwei Stunden locker von Frankfurt nach Hause gekommen sein, den Mord begangen haben und wieder zurück gefahren sein. Wenn sie sich von ihrem Mann hätte trennen wollen, hätte sie ihren bisherigen Lebensstandard nicht halten können, weil sie nur einen geringen monatlichen Fixbetrag bekommen hätte. Jetzt kassiert sie die Summe aus der Lebensversicherung und erbt jeweils die Hälfte des Vermögens und der Firma. Das ist auch ein Motiv.
Michael Storm hat seinen Vater gehasst, daraus macht er kein Hehl. Dazu kommt, dass er womöglich erfahren hat, dass sein Vater wie angedroht sein Testament ändern wollte und er nur den Pflichtteil erben würde. Ein paar Millio-

nen Euro sind Grund genug für einen Mord. Er war jedoch zur Tatzeit in einer Bar, was auch vom Barkeeper bestätigt wurde. Demnach kommt er als Täter nicht in Frage."

„Wobei jeder der Angesprochenen einen Killer engagiert haben könnte, um sich nicht selber die Hände schmutzig zu machen", wirft Erik ein.

„Das ist richtig", stimmt Julia zu, bevor sie mit ihren Ausführungen fortfährt. „Wilhelm Klaußen lief Gefahr, sein Haus zu verlieren, weil er die Raten für den Kredit nicht pünktlich zurückzahlen konnte. Ein Alibi hat er nicht. Die Noltemanns, die wegen Kurt Storm ihre Kinder nicht mehr so häufig sehen können, haben genauso ein Motiv. Sie geben sich ebenfalls gegenseitig ein Alibi." Dann betrachtet Julia einen Augenblick lang die aufgestellte Liste. „In Anbetracht der Tatsache, dass die drei zuletzt Angesprochenen schon recht alt und mehr oder weniger gesundheitlich angeschlagen sind, würde ich sie als Täter ausschließen. Dass sie jemanden als Mörder engagiert haben, glaube ich nicht. Ich kann mir nicht vorstellen, dass sie wissen, wie sie an einen professionellen Killer herankommen. Außerdem spricht die Art des Mordes dagegen."

Alexander sieht Julia nachdenklich an. „So etwas kann man nie so genau wissen. Kurt Storm hat den Noltemanns zum Beispiel die Mobilität und somit ein Stück Lebensqualität genommen. Nicht mehr aus dem Oberbergischen wegzukommen und auf andere angewiesen zu sein, die sie mal hinunter nach Wiehl oder nach Gummersbach zum Einkaufen fahren, ist für alte Leute etwas ganz Schlimmes. Dafür haben sie ihn gehasst. Und wenn die alten Leute ihn tatsächlich aufgesucht haben, hätte er mit Sicherheit nicht damit gerechnet, dass sie ihn umbringen würden. Und einfach zustechen, kann man in diesem Alter auch noch.

Kurt Storms Überheblichkeit hätte es wahrscheinlich gar nicht zugelassen, ihnen so etwas zuzutrauen. Er hat den alten Mann bestimmt nur noch als Trottel gesehen, der zu tatterig für alles ist." Dann schlägt Alexander mit der Faust auf den Tisch, so dass Julia erschrocken zusammenzuckt. „Es ist zum Verrücktwerden!", schimpft er. „Wir haben jede Menge potentielle Täter, aber wir können niemandem auch nur das Geringste nachweisen! Wenn der Täter Spuren hinterlassen haben sollte, dann hat das Feuer sie zerstört. Also gut. Erik, du findest heraus, ob die Nachbarn von Jana Storms Familie in Frankfurt mitbekommen haben, ob ihr Auto abends noch einmal weggefahren ist. Marcel, du lässt ein Bewegungsprofil der Handys aller Verdächtigen erstellen, damit wir sehen können, wo diese zum Tatzeitpunkt im Netz angemeldet waren. In der Zwischenzeit überprüfen Julia und ich, mit wem sie in den letzten Wochen vom Festnetz aus telefoniert haben. Wir müssen wissen, zu wem sie Kontakt hatten. Wer weiß, vielleicht ist ja jemand darunter, der sich in unserer Datenbank befindet."

„Okay", stimmt Julia zu, bevor sie sich an Marcel wendet. „Habt ihr denn noch irgendwelche Spuren in den Trümmern des Hauses entdeckt?"

Marcel schüttelt den Kopf. „Das Feuer hat zu lange gewütet und dann kam noch das Löschwasser hinzu. Es ist einfach zu viel zerstört worden. An den wenigen Gegenständen, die wir relativ unversehrt bergen konnten, haben wir keine Spuren sichergestellt."

„Umso wichtiger ist es, dass wir die Kontakte der Verdächtigen abklopfen. Also lasst uns an die Arbeit gehen", motiviert Alexander seine Kollegen.

Am späten Nachmittag setzen sich die Kollegen erneut zusammen, um die bisherigen Ergebnisse auszutauschen.
„Ich habe die Polizeiwache in der Nähe des Wohnortes von Jana Storms Familie um Amtshilfe gebeten. Sie haben daraufhin mit mehreren Nachbarn gesprochen, die übereinstimmend gesagt haben, dass ihr Auto den ganzen Abend in der Einfahrt gestanden hat. Auch das Fahrzeug ihres Bruders ist nicht noch einmal weggefahren", berichtet Erik. „Bleibt nur noch die Möglichkeit, dass sie mit dem Zug gefahren ist. Das ist aber für uns kaum nachvollziehbar, wenn sie sich das Ticket an einem Automaten gezogen hat."
Julia winkt ab. „Das wäre viel zu umständlich für sie gewesen. Sie hätte vom Haus der Familie mit dem Bus zum Bahnhof fahren, in Köln umsteigen und von Ründeroth wieder mit dem Bus oder einem Taxi zu ihrem Haus fahren müssen. Und nach der Tat hätte sie den gleichen aufwendigen Weg zurück antreten müssen. Sie wäre mit Wartezeiten doch mindestens sechs Stunden unterwegs gewesen."
„Was ist bei der Überprüfung der Telefonate herausgekommen?", fragt Erik.
„Nichts Auffälliges", sagt Alexander enttäuscht und verzieht das Gesicht. „Die Noltemanns haben lediglich mit ihren Kindern und ein paar älteren Leuten aus Wiehl telefoniert und Wilhelm Klaußen hat ausschließlich mit seiner Tochter gesprochen. Bei den Hevers und Wandts gab es ebenfalls nichts Außergewöhnliches, ebenso bei Jana und Michael Storm. Um den Tatzeitpunkt herum haben auch keine der Verdächtigen untereinander telefoniert."
„Bei der Erstellung der Bewegungsprofile der Handys ist auch nichts Aufschlussreiches herausgekommen. Jana

Storms Handy war bis Mitternacht im Netz in Frankfurt eingeloggt. Die von den Hevers und Wandts waren allesamt ausgeschaltet und sowohl die Noltemanns als auch Wilhelm Klaußen besitzen keines", berichtet Marcel.

„Verdammt noch mal. Wir kommen einfach keinen Schritt voran, wir haben nicht eine heiße Spur, nicht den noch so kleinsten Hinweis." Alexander knallt wütend die Mappe mit den Einzelverbindungsnachweisen der Telefonanschlüsse auf den Schreibtisch. Er ärgert sich jedes Mal fürchterlich, wenn sie in einem Fall auf der Stelle treten. Missmutig steht er auf, geht ans Fenster und blickt nachdenklich auf die Gummersbacher Innenstadt. Alles ist grau in grau. Das Oberbergische liegt wieder einmal unter einer dichten Wolkendecke. Nichts erinnert mehr an den goldenen Oktober der letzten Tage. „Wenn wir nicht bald einen Anhaltspunkt finden, müssen wir uns an die Öffentlichkeit wenden und darauf hoffen, dass irgendjemand Beobachtungen gemacht hat, die uns weiterbringen."

15

Werner Rabe sitzt mit seinem Laptop auf dem Schoß vor dem eingeschalteten Fernseher, hört mit halbem Ohr die zwanzig Uhr Nachrichten und sucht dabei im Internet nach einem guten Hotel in Hamburg.

Er will in der nächsten Woche für drei Tage einen Geschäftsfreund besuchen, um mit ihm über ihre Zusammenarbeit bei einem neuen Großprojekt zu sprechen. Nach und nach klickt er sich durch die besten Hotels der Stadt, schaut sich Suiten, Wellnessbereiche und die Speisekarten der Restaurants an. Schön, dass man sich heutzutage gemütlich vom Sofa aus informieren und in aller Ruhe auswählen kann, denkt er, greift zur Bierflasche auf dem Beistelltisch und trinkt einen kräftigen Schluck. Die Füße hat er auf den Wohnzimmertisch vor sich gelegt, denn seine Frau, die ihm jedes Mal eine ausgewachsene Strafpredigt hält, wenn er dies in ihrer Gegenwart tut, ist nicht zu Hause.

Schließlich findet er ein Hotel, das im zusagt. Zentral gelegen und nicht weit von dem Büro seines Geschäftsfreundes entfernt, perfekt für ein paar schöne Tage in der traumhaften Stadt. Als er die Buchung abgeschickt hat, bemerkt er, wie hungrig er ist. Immerhin hat er seit dem Mittagessen nichts mehr zu sich genommen. Er überlegt. Kochen kann und will er nicht. Doch wie er seine Frau kennt, hat sie ihm bestimmt etwas Gutes vorbereitet.

Vielleicht einen Hummercocktail oder eine feine Auswahl an Antipasti. Er muss gleich einmal im Kühlschrank nachsehen.

Der Geschäftsmann steht auf, stellt den Laptop auf den Tisch und geht Richtung Küche.

Als er die Küchentür öffnen will, hört er plötzlich ein Geräusch. Er hält inne. Es klang, als ob jemand eine Schublade auf und wieder zu gemacht hätte. Sekundenlang lauscht er. Doch es bleibt still. Er schüttelt den Kopf, er muss sich getäuscht haben.

Er ist allein im Haus. Seine Frau ist nachmittags zu einer Freundin nach Leverkusen gefahren, wo sie auch über Nacht bleiben und erst morgen früh zu Kurt Storms Beerdigung zurückkehren will.

Oder ist sie wider Erwarten früher nach Hause gekommen? Das hätte er trotz laufendem Fernseher mitbekommen müssen. Außerdem hätte sie ihn dann begrüßt. Werner Rabe ist verunsichert.

„Helga? Bist du schon zurück?", ruft der Geschäftsmann laut.

Keine Antwort. Stattdessen ein Rumpeln. Es hört sich an, als ob das Geräusch aus dem Schlafzimmer am anderen Ende des Flures kommt. Ihm wird mulmig. Irgendetwas stimmt nicht.

Auf leisen Sohlen schleicht er in sein Arbeitszimmer, das direkt neben dem Schlafzimmer liegt. Aus dem Stahlschrank nimmt er sein Jagdgewehr, lädt es mit zwei Patronen und geht über den halbdunklen Flur mit pochendem Herzen Schritt für Schritt hinüber zum Schlafzimmer.

Neben der Tür lehnt er sich mit dem Rücken gegen die Wand und überlegt. Falls jemand im Raum ist, will er keine Zielscheibe bieten. Er atmet tief durch, drückt vorsichtig die Türklinke herunter und stößt die Tür auf. Mit angehaltenem Atem wartet er. Nichts. Nach einigen Sekunden greift er um den Türrahmen ins Zimmer und drückt auf den Lichtschalter. Es bleibt still. Er macht einen Schritt zur Tür und schaut, das Gewehr im Anschlag, ins Zimmer. Niemand zu sehen. Der dunkelblaue Vorhang an der Terrassentür bewegt sich leicht. Rabes Herz schlägt bis zum Hals.

Er mustert den Saum des Vorhangs, keine Schuhspitzen, keiner, der sich dahinter verbirgt, wie in alten Krimis.

Er nimmt all seinen Mut zusammen, durchquert den Raum und schiebt den Vorhang mit der Gewehrmündung beiseite.

Erleichtert lässt er das Gewehr sinken. Das Fenster neben der Terrassentür ist gekippt und ein leichter Luftzug ist zu spüren.

Die Tür selber ist fest verschlossen, das Schloss unbeschädigt. Werner Rabe beginnt an sich zu zweifeln. Vielleicht hatte nur der Wind die Bäume vor dem Haus knarzen lassen. Nach Kurt Storms Tod beginnt er anscheinend Gespenster zu sehen.

Doch plötzlich zuckt er zusammen. Im Schein der Deckenlampe blitzt vor ihm auf dem Fußboden ein kleiner Gegenstand, ein vergoldeter Knopf. Er hebt ihn auf, stutzt. Dieser Knopf gehört weder zu einer Jacke von ihm, noch zu einer von Helga. Es ist also tatsächlich jemand im Haus gewesen. Ist vielleicht immer noch da. Er gerät in Panik.

Wie vom Teufel gehetzt, durchkämmt er alle Räume, findet weder den Einbrecher noch eine aufgebrochene Tür oder ein aufgehebeltes Fenster. Es bleibt ein Rätsel, wie der Eindringling hereingekommen war.

Anschließend prüft der Geschäftsmann, ob irgendetwas gestohlen wurde. Brieftasche, Autoschlüssel, die teure Spiegelreflexkamera, Schmuck und Laptop seiner Frau, alles befindet sich noch an seinem Platz.

Was hat die Person gesucht? Hatte der Unbekannte möglicherweise Geschäftsunterlagen im Visier? Rabe blättert im Arbeitszimmer durch die Aktenordner, findet aber auch hier keine Erklärung.

Nur eines ist ihm klar: Der Eindringling muss einen Schlüssel haben.

16

Der Wiehler Friedhof, der auf einem Hügel hinter dem Weiherplatz liegt, ist an diesem Tag menschenleer. Der Herbst zeigt sich passend zu Kurt Storms Beerdigung von seiner ungemütlichen Seite. Der Himmel ist - wie es im Oberbergischen so häufig der Fall ist - wolkenverhangen. Es regnet ohne Unterlass. Ganz Wiehl liegt unter einem dichten grauen Schleier.

Seit dreizehn Uhr beobachtet eine dunkel gekleidete Person aus sicherer Entfernung den Eingang des Wiehler Friedhofes von der Friedhofstraße aus. Gegen dreizehn Uhr dreißig treffen als erstes Jana Storm und ihr Stiefsohn Michael ein. Galant öffnet er ihr die Autotür und hält einen Schirm über sie. Schnellen Schrittes gehen beide zur Trauerhalle. Sie trägt einen schwarzen Mantel, der ihr Gesicht weiß wie die Wand erscheinen lässt. Ihre Augen versteckt sie hinter einer großen Sonnenbrille. Ob sie geweint hat oder nicht, ist nicht zu erkennen.

Er sieht wie immer wie aus dem Ei gepellt aus, trägt einen dunkelgrauen Nadelstreifenanzug, darüber einen leichten ebenfalls dunkelgrauen Mantel. Ihm ist anzusehen, dass er nicht um seinen Vater trauert.

Nach und nach fahren mehrere Limousinen vor. Aus ihnen steigen wichtig erscheinende Männer in schwarzen Anzügen und Damen mit langen Pelzmänteln und großen Hüten aus, während ihre Chauffeure ihnen Schirme reichen und anschließend die Fahrzeuge parken. Die Männer kennen einander, begrüßen sich mit Handschlag und stellen untereinander ihre Frauen vor. Kopfschüttelnd wechseln sie ein paar Worte, bevor sie gemeinsam durch den strömenden

Regen zur Trauerhalle gehen.

Die Person auf der gegenüberliegenden Straßenseite kennt nur wenige der Trauergäste. Vermutlich handelt es sich bei den Unbekannten um Geschäftspartner mit ihren Gattinnen, Familienangehörige, die nicht in Wiehl wohnen, und betuchte Freunde aus dem Golf-Club. Woher sollte sie diese Leute auch kennen? Sie verkehrt nicht in diesen Kreisen.

Die Person stößt einen verächtlichen Laut aus. Wer sonst sollte diesem Mistkerl das letzte Geleit geben, außer Verwandten, die sich ihr Familienmitglied nun mal nicht aussuchen konnten, oder Geschäftsfreunde, die genauso knallhart und rücksichtslos sind?

Von seinen Nachbarn wird niemand kommen. Ihnen hatte er zu viel angetan, als dass jemand es für nötig hielte, ihm die letzte Ehre zu erweisen. Nicht einmal seinen Familienangehörigen traut sie zu, dass sie eine Träne um ihn vergießen werden.

Nachdem die Person einige Zeit das Eintreffen der Trauergäste beobachtet hat, wendet sie sich ab. Sie hat genug gesehen und genug von all den reichen Geschäftsleuten, die Kurt Storm nur um seines Geldes und seines Einflusses willen geachtet haben. Außerdem wird es Zeit, dass sie ihre Perücke wieder absetzen kann, denn ihre Kopfhaut beginnt fürchterlich zu jucken. Zudem stört sie die Sonnenbrille, durch die das trübe Wetter noch grässlicher erscheint als es ohnehin schon ist.

„Ich hoffe, du wirst auf ewig in der Hölle schmoren", murmelt sie und verlässt ihren Beobachtungsposten. Sie hat noch etwas Wichtiges zu erledigen, bevor die Trauergäste den Friedhof verlassen und zum Kaffeetrinken gehen.

17

Mehrere Bedienungen bereiten den Saal des Wiehler Hotels für das Kaffeetrinken im Anschluss an die Beisetzung vor. Sie decken die Tische mit einem weißen, edel aussehenden Kaffeeservice mit Goldrand ein, stellen vergoldete Kerzenständer auf und legen champagnerfarbene Servietten, die mit grünen Serviettenbändern gehalten werden, quer auf die Teller. Zum Schluss verteilen sie auf einigen der Tische kleine Schiefertafeln, auf denen die Namen derer aufgeführt sind, für die die Plätze reserviert sind: Familie, Golf-Club sowie Geschäftsfreunde steht jeweils auf den Täfelchen geschrieben.

Eine halbe Stunde später treffen nach und nach die Trauergäste ein. Sie geben ihre teuren Mäntel an der Garderobe ab und suchen sich ihre Plätze. Nur wenige Stühle bleiben frei.
Die Stimmung während des Kaffeetrinkens ist entspannt. Es wird viel geredet und auch gelacht.
Jana Storm unterhält sich mit einigen Frauen aus dem Golf-Club, Michael sitzt allein an einem Tisch und tippt eine SMS in sein Handy. Er ist nur aus Anstand hier. Mit den Geschäftsfreunden seines Vaters will er nichts zu tun haben und die Leute aus dem Golf-Club kennt er nicht. Er hat keine Lust auf Small-Talk, will einfach nur seine Ruhe haben.
Ein lautes Klirren lässt Michael aufsehen. Ein Mann um die sechzig, der am Tisch der Geschäftsfreunde seines Vaters sitzt, ist im Gesicht knallrot angelaufen und fuchtelt

wild mit den Armen herum. Dabei hat er seine Kaffeetasse umgestoßen, die scheppernd zu Boden gefallen und zerbrochen ist.

Mit einem Satz springt der Mann von seinem Stuhl auf, der daraufhin mit lautem Poltern umkippt. Hektisch greift er in seine rechte Jackentasche, holt einen Gegenstand heraus, betrachtet ihn entsetzt und wirft ihn zu Boden. Seine Augen sind weit aufgerissen, als er sich mit zitternden Händen die Krawatte lockert und den oberen Hemdknopf aufreißt. Wie ein Fisch auf dem Trockenen schnappt er nach Luft. Sein Körper schüttelt sich in Krämpfen.

Die Trauergäste sitzen mit betretenen Mienen wie festgenagelt auf ihren Stühlen, als ob sie Angst hätten, sich zu bewegen.

Michael bleibt ungerührt auf seinem Platz und schaut sich das Szenario aus sicherer Entfernung an. Er wird bei dieser Person mit Sicherheit keine Erste Hilfe leisten. Ohne Hektik wählt er die Nummer des Rettungsdienstes.

Der Ehefrau des Geschäftsmannes und den übrigen Personen an seinem Tisch steht blankes Entsetzen in die Gesichter geschrieben. „Um Gottes Willen, Werner! Was ist mit deinem Pen?", kreischt seine Frau aufgelöst.

Doch ihr Mann ist nicht in der Lage, ihr zu antworten.

„Wir brauchen einen Arzt! Schnell!", schreit sie.

Eine Hotelangestellte, die gerade mit ein paar vollen Kaffeekannen den Raum betritt, macht sofort wieder kehrt, um den Notarzt zu rufen.

Michael schaut sich die ganze Szene nach wie vor unbeteiligt an und schenkt sich noch eine Tasse Kaffee ein. Der Mann, der unter akuter Atemnot leidet, ist einer der vier Geschäftsfreunde seines Vaters und ebenso knallhart und rücksichtslos.

Verzweifelt und unbeholfen versucht dessen Frau ihn zu beruhigen, indem sie ihm wieder und wieder zuredet: „Ganz ruhig, Werner, der Notarzt wird jeden Augenblick hier sein."

Das Röcheln des Mannes wird schlimmer und schlimmer.

„Mein Gott, wo bleibt denn der Arzt?", ruft die Frau ungeduldig und sieht in die Runde. Niemand sagt ein Wort, alle schauen sich betreten an.

Plötzlich bricht der Mann zusammen und bleibt regungslos auf dem Boden liegen. Seine Frau fällt neben ihm auf die Knie, schüttelt ihn, schlägt ihn rechts und links auf die Wangen.

„Werner, hörst du mich? Sag doch was!" Ihr Flehen wird immer verzweifelter. „Werner, bleib bei mir!" Doch ihr Mann reagiert nicht mehr auf ihre Rufe.

Die wenigen Minuten bis zum Eintreffen des Notarztes dehnen sich. Dieser kann nur noch Werner Rabes Tod feststellen.

Zwanzig Minuten später treffen auch Julia und Alexander im Hotel ein. Julia sieht sich in dem Raum um. Ungefähr siebzig Trauergäste stehen fassungslos und mitgenommen in kleinen Gruppen zusammen. Die noch vollen Kuchentabletts auf den Tischen lassen darauf schließen, dass das Kaffeetrinken gerade erst begonnen hatte.

Eine dunkelhaarige Frau um die fünfzig sitzt etwas abseits auf einem Stuhl und schluchzt heftig. Der Notarzt ist bei ihr und gibt ihr eine Beruhigungsspritze.

„Das ist die Witwe", erklärt Julia Alexander, nachdem sie sich einen kurzen Überblick verschafft hat. „Mit ihr können wir jetzt nicht sprechen, sie steht unter Schock. Das müssen wir auf morgen verschieben."

„Das denke ich auch", erwidert Alexander und betrachtet die Witwe. „Einen Menschen sterben zu sehen ist furchtbar, wenn es dann aber noch der eigene Mann ist..."
„Moment mal, den kennen wir doch", entfährt es Julia, als sie sich den Toten genauer anschaut. „Das ist Werner Rabe, einer von Kurt Storms Geschäftsfreunden!"
„Du hast recht", entgegnet Alexander erstaunt. „Seltsamer Zufall, dass er ausgerechnet hier und jetzt stirbt. Ich spreche mit den Trauergästen und lasse mir ausführlich schildern, wie das Kaffeetrinken abgelaufen ist."
„Und ich werde in der Zwischenzeit die Hotelangestellten befragen."

„Ich habe nicht viel mitbekommen, nur, dass der Mann plötzlich aufgesprungen ist, weil er keine Luft mehr bekommen hat. Kurz darauf ist er auch schon zusammengebrochen und hat sich nicht mehr bewegt", berichtet eine junge Kellnerin, die kreidebleich im Gesicht ist. Wahrscheinlich ist dies der erste Tote, den sie in ihrem Leben gesehen hat.
„Fühlte sich der Mann schon vorher schlecht? Hat jemand etwas mitbekommen?"
„Dass es ihm gesundheitlich nicht gut ging, ist mir nicht aufgefallen. Aber er hat mich zu Beginn des Kaffeetrinkens gefragt, in welchem Kuchen keine Nüsse enthalten sind", erklärt eine ältere Kellnerin.
„Nüsse? Dann war er also allergisch", vermutet Julia.
„Ja. Er hat gesagt, wenn er Nüsse selbst in ganz geringer Menge zu sich nimmt, bekommt er keine Luft mehr. Daraufhin habe ich ihm genau gezeigt, von welchem Gebäck er essen darf und von welchem auf gar keinen Fall. Ist er wegen Nüssen gestorben?"

„Das wissen wir noch nicht. Möglich wäre es schon. Ist Ihnen sonst noch etwas Ungewöhnliches aufgefallen?"
Die beiden Frauen überlegen und schütteln schließlich den Kopf.
„Gut. Das war es dann erst einmal. Vielen Dank", sagt Julia und wendet sich zum Gehen.
„Frau Hauswald. Warten Sie einen Augenblick", ruft plötzlich eine aufgeregte Stimme, als sie schon fast wieder den Speisesaal erreicht hat. Es ist die junge Kellnerin, die ihr hinterher gelaufen war.
„Ich weiß, Sie werden wahrscheinlich denken, dass ich zu viele Krimis lese und zu viel in die Sache hinein interpretiere, aber ich möchte Ihnen noch etwas erzählen", erklärt sie etwas außer Atem. „Kurz bevor die Trauergäste vom Friedhof hierher kamen, sah ich eine schwarz gekleidete Frau aus diesem Raum kommen. Sie kann nur ganz kurz hier drinnen gewesen sein, denn wir haben bis kurz zuvor die Tische gedeckt."
Julia stutzt und überlegt einen Moment. „Ist diese Frau unter den Gästen?"
„Nein, eben nicht. Nachdem sie aus dem Speisesaal kam, habe ich sie nicht mehr gesehen. Ist das nicht merkwürdig? Ich habe zuerst angenommen, dass sie zu den Trauergästen gehört, aber zum Kaffeetrinken ist sie nicht erschienen."
Julias Interesse ist geweckt. Sie ist dankbar für jeden auch noch so kleinen Hinweis. Immerhin könnte es sich um einen raffinierten Mordanschlag gehandelt haben. „Wie sah die Frau denn aus?"
Die Kellnerin überlegt. „Sie war groß, bestimmt einen Meter siebzig, und ganz schlank. Ihr Gesicht konnte ich nicht erkennen, sie trug ein Kopftuch und eine Sonnenbrille. Aber sie war so schätzungsweise Mitte zwanzig. Ach ja,

und sie hatte lange blonde Haare."
„Ist Ihnen an der Frau irgendetwas aufgefallen? War sie außergewöhnlich hektisch?"
„Nein, im Gegenteil. Sie wirkte sehr ruhig."
„Hatte sie vielleicht ein besonderes Merkmal?"
„Nein. Allerdings…"
„Ja?"
„Ich weiß nicht, ob das wichtig ist, aber sie bewegte sich sehr langsam."
Julia zieht die Augenbrauen hoch. Ihr ist nicht ganz klar, worauf die junge Kellnerin hinaus will.
„Na ja, sie ging ziemlich komisch, irgendwie hölzern."
„Ich verstehe. Danke für Ihre Hilfe."

„Der Tote war allergisch gegen Nüsse. Er könnte also versehentlich Kuchen mit Nüssen zu sich genommen und daraufhin einen anaphylaktischen Schock erlitten haben", sagt Julia, als sie im Speisesaal auf Alexander trifft.
„Ja, ich weiß. Seine drei Geschäftsfreunde haben mir von der Allergie erzählt. Sie stehen ziemlich unter Schock. Ihren Angaben zufolge hatte sich der Tote, bevor er etwas zu Essen nahm, erkundigt, welcher Kuchen keine Nüsse enthält und hat sich auch strikt daran gehalten. Die ganze Geschichte ist ziemlich merkwürdig. Er fragt doch nicht erst, was er unbedenklich essen darf, um dann später das Falsche zu nehmen."
„Und dass die Kellnerin ihm etwas Falsches gesagt hat, kann ich mir nicht vorstellen", grübelt Julia.
„Marcel hat bereits veranlasst, dass Proben von den Speisen und Getränken des Tisches mitgenommen und im Labor untersucht werden. Es ist immerhin möglich, dass es sich nicht um ein Unglück, sondern um Mord handelt",

sagt Alexander, der die Spurensicherung verständigt hatte.
„Du meinst, dass die Nüsse in irgendetwas enthalten waren, worin sich normalerweise keine befinden?"
„Genau. Durch die Reservierungsschilder auf den Tischen war schließlich bekannt, wo er sitzen würde."
„Dazu würde passen, dass eine der Kellnerinnen vor dem Kaffeetrinken eine unbekannte junge Frau aus diesem Raum hat kommen sehen, ganz in Schwarz gekleidet mit Sonnenbrille. Sie war aber nicht unter den Trauergästen, als diese zum Kaffeetrinken kamen. Wenn es sich tatsächlich um einen Mordanschlag gehandelt hat, war das mit Sicherheit die Täterin. Doch diese Person zu finden wird verdammt schwer. Wir haben nur den Anhaltspunkt hinsichtlich des komischen Gangs."
„Leider ist die Witwe noch nicht vernehmbar. Sie kann uns am ehesten etwas zu möglichen Feinden ihres Mannes sagen, beziehungsweise, wer ein großes Interesse an seinem Ableben gehabt haben könnte."

18

Am nächsten Morgen liegt der Bericht der Gerichtsmedizin vor, den Marcel den Kommissaren ins Büro bringt.
„Werner Rabe ist an einem anaphylaktischen Schock gestorben. Es handelt sich dabei um den Soforttyp. Das bedeutet, dass der anaphylaktische Schock sofort nach dem Kontakt mit dem Allergen auftritt und je schneller die allergische Reaktion, desto schwerer sind die Komplikationen. Im hier vorliegenden Fall trat der Tod innerhalb weniger Minuten und noch vor Eintreffen des Notarztes ein. Seine Luftwege haben sich rasant schnell verengt, er bekam Panik und dann war er tot", berichtet Marcel.
„Seine Frau und verschiedene Freunde haben gesagt, dass er hochallergisch gegen Nüsse war", bemerkt Julia. „Er hat sie bestimmt nicht freiwillig zu sich genommen, sondern sie waren in irgendetwas enthalten, worin er keine Nüsse vermutet hat. Schließlich hatte er sich vorher bei der Kellnerin erkundigt."
„Genau", stimmt Alexander zu. „Und das spricht alles dafür, dass wir es mit einem gezielten Mordanschlag zu tun haben. In welchen Lebensmittelproben wurden denn Spuren von Nüssen gefunden?"
„Sie befanden sich in zwei der Kuchen, von denen er jedoch nichts gegessen hat. Zudem, und das ist das Interessante, konnte Nussöl im Kaffee nachgewiesen werden", berichtet Marcel.
Alexander zieht die Augenbrauen hoch. „Damit konnte er wirklich nicht rechnen. Er hat Kuchen gegessen, sich unterhalten und dabei nicht bemerkt, dass der Kaffee anders

schmeckte als sonst. Er hatte also keine Chance, dem Anschlag zu entgehen und als die allergische Reaktion auftrat, war es zu spät."

„Eines verstehe ich nicht", sagt Julia nachdenklich und runzelt die Stirn. „Ich habe eine Freundin, die auch höchst allergisch auf Nüsse reagiert. Wenn sie versehentlich welche zu sich genommen hat, bekommt sie keine Luft mehr und das ist jedes Mal ganz furchtbar. Ich habe es selbst schon einmal miterlebt. Allerdings hat sie einen Pen mit Adrenalin, das sie sich sofort spritzen kann, wenn die Symptome auftreten. Deshalb begreife ich nicht, dass…"

„…er keinen Pen bei sich getragen hat", vollendet Alexander den Satz.

„Genau!"

„Das ist in der Tat merkwürdig. Wir müssen seine Frau fragen, ob er keinen besessen hat."

„Das braucht ihr nicht", wirft Marcel beiläufig ein. „Wir haben einen Pen unter dem Kaffeetisch gefunden."

Julia sieht erstaunt in die Runde. „Wenn er einen bei sich trug, warum hat er ihn dann nicht benutzt? Selbst wenn er ihn allein nicht mehr hätte anwenden können, hätte ihm doch seine Frau helfen können!"

„Das kann ich euch erklären", sagt Marcel und schmunzelt vor sich hin. Er genießt es, mehr als die Kommissare zu wissen und spannt sie ein wenig auf die Folter.

Wie erwartet schauen ihn Julia und Alexander fragend an.

„Na los, spuck schon aus, was du weißt", entgegnet Alexander ungeduldig. Er hasst es, wenn man ihn hinhält.

„Der Pen war leer! Er konnte sich gar nicht spritzen."

„Er war leer?!", Julia blickt verständnislos drein. „Aber wenn ich solch eine starke Allergie habe, achte ich doch penibel darauf, dass ich meine Lebensversicherung bei mir

trage. Damit schludert man nicht!"
„Richtig. Es sieht danach aus, als hätte der Täter nicht nur das Nussöl in den Kaffee gegossen, sondern auch vorher den Pen entleert, um ganz sicher zu gehen, dass Werner Rabe bei dem Anschlag tatsächlich stirbt. Die Tat war sehr gut vorbereitet. Es muss sich bei dem Täter oder der Täterin also um eine Person handeln, die ihn erstens sehr gut kannte und zweitens Bescheid wusste, wo er seinen Pen aufbewahrt", pflichtet ihr Alexander bei.
Er steht auf, gießt sich einen Kaffee ein und trinkt einen Schluck.
„Wir müssen in zwei Richtungen ermitteln. Entweder war es der gleiche Täter, der auch Kurt Storm umgebracht hat, und die Mordmotive stehen im Zusammenhang oder aber wir haben es mit einem zweiten Täter zu tun. Wobei mein Gefühl mir sagt, dass Ersteres der Fall ist."
„Wenn es sich um ein und denselben Täter handelt, kommt wieder der Aspekt in Betracht, dass Kurt Storm tatsächlich der Unfallverursacher war und die Geschäftsfreunde ihm ein falsches Alibi gegeben haben. Dann könnte Werner Rabe ermordet worden sein, weil er die Unfallflucht gedeckt hat", überlegt Julia. „Folglich wären die betroffenen Familien die Hauptverdächtigen und die anderen Nachbarn sowie Jana und Michael Storm wären für beide Taten auszuschließen."
„Sicherlich hast du Recht. Das Motiv und somit auch der Zusammenhang zwischen den beiden Morden könnte aber auch durchaus im geschäftlichen Bereich liegen. Oder die Morde hängen nicht zusammen und Helga Rabe hat ihren Mann umgebracht. Immerhin hatte sie die beste Gelegenheit, ihm den Pen unbemerkt zu entwenden und zu entleeren", sagt Alexander nachdenklich und grübelt eine Weile

vor sich hin. „Ach verflixt, das sind alles nur Spekulationen", schimpft er plötzlich los. „Wir sind bei der Suche nach Kurt Storms Mörder immer noch keinen Schritt vorangekommen. Jetzt gibt es schon die zweite Leiche und auch hier könnte es mehrere Motive geben. Wir haben noch ein hartes Stück Arbeit vor uns."

„Wir müssen unbedingt mit Werner Rabes Witwe sprechen."

19

Nachdenklich schließt Julia den Bericht des Gerichtsmediziners über die Untersuchung von Werner Rabes Leichnam und legt ihn vor sich auf den Schreibtisch. Dann lehnt sie sich auf ihrem Stuhl zurück, verschränkt die Hände im Nacken und starrt an die Decke. Dieser Fall hat es wirklich in sich. Eigentlich hatte sie sich ein paar Tage frei nehmen wollen, um ihrer Schwester beim Umzug von Köln nach Bonn zu helfen. Doch das kann sie in Anbetracht der Mordfälle vergessen.

„Ich denke, es handelt sich in diesem Fall wirklich um eine Täterin. Dass sich ein Mann als Frau verkleidet hat, glaube ich nicht. Das hätte die Hotelangestellte mit Sicherheit bemerkt", sagt Julia.

„Ja", erwidert Alexander gedehnt, der ihr am Schreibtisch gegenüber sitzt und geistesabwesend mit dem Kugelschreiber in seiner Hand spielt.

„Was ist los? Worüber denkst du nach?", fragt Julia. Sie kennt ihn ziemlich gut und wenn er so nachdenklich wirkt und dazu noch mit dem Kugelschreiber schnippt, geht ihm eine wichtige Sache durch den Kopf. Doch ihr Kollege reagiert nicht auf ihre Frage. Sie lässt ihn in Ruhe und kocht erst einmal neuen Kaffee. Wenn er seine Gedanken zu Ende geführt hat, wird er ihr das Ergebnis schon mitteilen.

„Nach Kurt Storms Tod haben wir eine Person nicht nach ihrem Alibi für die Tatzeit gefragt", sagt Alexander nach einigen Minuten des Schweigens.

Julia runzelt verständnislos die Stirn und sieht ihren Kolle-

gen fragend an. „Wen meinst du? Soweit mir bekannt ist, haben wir alle in Frage kommenden Personen überprüft."
„Eben nicht! Wir haben Birgit, Andreas und Thomas Hever, Manuela und Axel Wandt, Michael und Jana Storm, Wilhelm Klaußen und Martha und Karl-Heinz Noltemann gefragt. Auch wenn sie sich teilweise gegenseitig Alibis geben, wir konnten bisher niemandem das Gegenteil beweisen. Allerdings haben wir eine Person vergessen und die hat das stärkste Motiv von allen", erklärt Alexander und sieht Julia direkt in die Augen.
Diese schaut Alexander immer noch verständnislos an und zuckt mit den Schultern.
„Glaub mir, es gibt eine Person, von der uns nicht bekannt ist, wo sie sich zur Tatzeit aufgehalten hat, weil sie für uns von Anfang an nicht als Täter in Frage kam."
Julia wird langsam ungeduldig. „Nun sag schon, wer es ist! Ich habe nicht die leiseste Ahnung, wen du meinst."
„Anna-Maria Hever!", sagt Alexander tonlos und beobachtet gespannt Julias Reaktion.
Diese starrt ihn entsetzt an und schnappt nach Luft.
„Alexander, das ist geschmacklos!", wettert sie schließlich los und sieht ihn bitterböse an. „Das arme Mädchen sitzt im Rollstuhl, ihr Leben ist zerstört und du willst ihr einen Mord unterstellen! Das ist wirklich das Allerletzte! Ich habe mit eigenen Augen gesehen, wie schlecht es ihr geht. Sie ist gar nicht in der Lage, sich allein aus dem Haus zu bewegen!"
Alexander beugt sich nach vorne, legt die Arme verschränkt auf den Schreibtisch und sieht Julia direkt in die Augen. „Bist du dir da wirklich sicher? Nehmen wir mal an, Anna-Maria spielt ihrer Familie lediglich etwas vor. Es gibt Fälle, in denen Menschen nach einem Unfall gelähmt

sind, nach einiger Zeit aber wieder gehen können. Anna-Maria behält ihre wundersame Heilung für sich und wartet nur auf den richtigen Zeitpunkt, bis sie sich an Kurt Storm rächen kann. Sie hat sich so sehr darauf versteift, dass er der Unfallverursacher ist und war so enttäuscht, dass das Gericht ihn freisprach, dass sie nur noch an Rache denkt. Dass sie weiterhin die Gelähmte spielt, ist doch das perfekte Alibi."

Jetzt rollt Julia mit ihrem Bürostuhl dichter an den Schreibtisch heran, stützt sich ebenfalls mit den Armen auf und hält Alexanders Blick stand. „Du spinnst! Das ist vollkommener Schwachsinn", sagt sie bestimmt. „Anna-Maria ist nervlich völlig am Ende, sie wäre zu solch einer Tat überhaupt nicht fähig! Sie trauert um ihren Freund und sie hasste Kurt Storm, ja, aber sie ist keine Mörderin!"

„Du hast mir doch erzählt, dass sie sich laut ihrer Mutter stundenlang in ihrem Zimmer einschließt. Weißt du, was sie in dieser Zeit macht? Als sie merkte, dass sie ihre Beine wieder spürt, hat sie vielleicht trainiert, um wieder normal laufen zu können! Und als es soweit war, ist sie unbemerkt aus dem Fenster gestiegen und hat den Mord begangen. Sie konnte von ihrem Zimmer aus beobachten, dass Jana Storm wegfuhr und dass er allein zu Hause war. Außerdem war es zum Tatzeitpunkt stockdunkel. Sie hätte sich also unbehelligt auf das Nachbargrundstück schleichen können. Und da sie sich öfter einschloss und nicht ansprechbar war, hat sie auch niemand aus der Familie vermisst."

Julia wird langsam wütend. „Das ist absoluter Unsinn."

„Erinnerst du dich: Die Nachbarn haben ausgesagt, dass der Hund nicht angeschlagen hat. Das hat er nicht, weil er sie kannte. Und somit hätten die übrigen Hevers und die

Wandts auch nicht gelogen, als sie sich innerhalb der Familien Alibis gegeben haben. Deshalb spreche ich jetzt mit dem Arzt, der Anna-Maria nach dem Unfall behandelt hat. Ich will wissen, was er von meiner Theorie hält, dass sie wieder laufen kann. Wenn du nicht mitkommen willst, fahre ich allein."

„Und Werner Rabe hat sie auch umgebracht, oder wie!?", fragt Julia genervt.

„Ja. Sie war es, die ihm das Nussöl in den Kaffee geschüttet hat. Die Hotelangestellten haben kurz bevor die Trauergäste eintrafen eine Frau mit Sonnenbrille gesehen, die in den Raum gegangen ist. Mit Kopftuch und Sonnenbrille hat sie niemand erkannt. Wahrscheinlich auch deshalb, weil sie sich nach dem Unfall verändert hat und magerer geworden ist. Außerdem muss sie eine Perücke getragen haben, denn du hast mir nach dem Besuch bei ihr zu Hause erzählt, dass sie schwarze Haare hat. Es hätte sie auch niemand dort erwartet, weil alle glauben, dass sie nicht mehr laufen kann. Die perfekten Bedingungen also für diese perfiden Morde."

„Und woher hatte sie bitteschön das Nussöl? Das hat man nicht mal eben zu Hause", hakt Julia nach.

„Sie muss einen Helfer haben, der es ihr besorgt hat und auch die Information über Werner Rabes Allergie. Außerdem muss dieser Helfer den Pen entleert haben oder er hat Anna-Maria zu Werner Rabes Haus gefahren haben, damit sie es tun konnte. Ich habe allerdings noch keine Idee, wie sie an den Pen heran gekommen sind. Aber Anna-Maria hätte für beide Taten ein Motiv: Kurt Storm ist der Unfallverursacher, Werner Rabe hat ihn gedeckt", erklärt Alexander, steht von seinem Stuhl auf, nimmt seine Jacke vom Haken an der Wand und verlässt ohne weitere Erklärungen das Büro. Das ist typisch für Alexander. Wenn er sich einer Sache sicher ist, ist es ihm völlig egal, was andere davon halten. Darin waren sich die Kommissare sehr ähnlich. Und das ist eine Seite an ihm, die sie sehr schätzt. Sie mag es, wenn jemand für seine Überzeugungen einsteht. Nur in diesem Fall ist er auf dem Holzweg. Davon ist sie überzeugt.

Julia überlegt einen Augenblick. Sie wird ihn nicht davon abbringen können, Anna-Marias behandelnden Arzt zu befragen, ob mit oder ohne sie. Also ist es besser, wenn sie ihn begleitet. Julia springt auf, schnappt sich ihren Trenchcoat und läuft ihm hinterher. An seinem Geländewagen holt sie ihn schließlich ein.

„Ich komme mit", sagt sie außer Atem. „Auch wenn ich anderer Meinung bin."

„Das ist gut", lächelt Alexander und steigt ein.

Dr. Berger-Lund, Anna-Marias Arzt, ist gerade in einer Behandlung, deshalb müssen die Kommissare eine Weile auf ihn warten. Als seine Sekretärin ihm berichtet, dass die Kriminalpolizei dringend mit ihm sprechen muss, ist er sofort bereit, ihnen eine paar Minuten seiner Zeit zu schenken.

„Guten Tag Dr. Berger-Lund. Ich bin Kommissar Alexander Thiele, das ist meine Kollegin Julia Hauswald", stellt Alexander sie vor und zeigt ihm seinen Dienstausweis.

„Worum geht es denn?", fragt Dr. Berger-Lund interessiert, nachdem er sich den Ausweis sorgfältig angesehen und die Kommissare in sein Büro geführt hat, wo er ihnen Platz an einem großen runden Tisch anbietet.

„Es geht um Anna-Maria Hever", erklärt Alexander. „Sie ist vor knapp zwei Jahren nach einem Autounfall von

Ihnen behandelt worden."

„Anna-Maria Hever, das Mädchen im Rollstuhl. Eine wirklich tragische Geschichte. Aber was wollen Sie nach all der Zeit von mir? Sie ist in einer Reha auf ihr weiteres Leben vorbereitet worden und ich habe sie seit Monaten nicht mehr gesehen."

„Ist es aus rein medizinischer Sicht möglich, dass Anna-Maria wieder laufen kann?", kommt Alexander ohne Umschweife zur Sache.

Der Arzt zieht die Augenbrauen hoch und sieht ihn erstaunt an. „Ihnen ist bekannt, dass ich an meine ärztliche Schweigepflicht gebunden bin?"

„Das ist uns sehr wohl bekannt. Aber wir würden nicht fragen, wenn es nicht enorm wichtig für unsere Ermittlungen im Mordfall Kurt Storm wäre. Dem Mann, dem sie vorwarf, den Unfall verursacht zu haben."

„Ich erinnere mich an den Fall. Es wurde damals in der Presse darüber berichtet. Kurt Storm wurde freigesprochen, weil er ein Alibi hatte", sagt Dr. Berger-Lund nachdenklich.

„Richtig. Aber Anna-Maria beharrt darauf, dass er es war und dass seine Geschäftsfreunde ihm ein falsches Alibi gegeben haben. Sie war völlig verzweifelt."

„Und jetzt glauben Sie, dass sie ihn ermordet hat?" Der Arzt ist fassungslos.

„Wir müssen allem nachgehen. Deswegen auch unsere Frage, ob sie möglicherweise wieder gehen kann."

Der Arzt starrt eine Weile vor sich hin. Seine Kinnmuskeln arbeiten unentwegt. Erst nach einigen Sekunden, die den Kommissaren endlos vorkommen, beginnt er zu erzählen.

„Als Anna-Maria nach dem Unfall mit schweren Rückenverletzungen hier eingeliefert wurde, haben wir sie sofort

operiert. Die Operation ist gut verlaufen und ich kann Ihnen so viel sagen, dass sie aus medizinischer Sicht eigentlich hätte laufen können müssen. Dass sie bei ihrer Entlassung aus dem Krankenhaus immer noch im Rollstuhl saß, haben wir auf psychische Gründe geschoben. Es gibt solche Fälle, die durch einen schweren Schock hervorgerufen werden. Und manchmal treten später Ereignisse ein, nach denen die Patienten wieder anfangen zu laufen."
„Das heißt, es wäre möglich, dass sie plötzlich wieder Leben in ihren Beinen gespürt hat. Und wenn sie hart trainiert hätte, könnte sie einen Weg von ein paar hundert Metern zurücklegen."
„Das wäre möglich, ja."
„Vielen Dank, dass Sie sich für uns Zeit genommen haben, Dr. Berger-Lund. Sie haben uns sehr geholfen. Bitte behandeln Sie unser Gespräch vertraulich."
„Selbstverständlich."

„Da haben wir die Bestätigung. Gut, dass wir mit dem Arzt gesprochen haben", sagt Alexander mit einem Seitenblick auf Julia, als sie das Krankenhaus verlassen und zum Wagen gehen.
„Also gut. Aus medizinischer Sicht wäre es möglich. Aber das heißt noch lange nicht, dass sie es kann und dass sie es auch tatsächlich gewesen ist", widerspricht Julia hartnäckig.
„Aber wir müssen die Möglichkeit überprüfen. Wir müssen ihr eine Falle stellen, um herauszufinden, ob sie laufen kann oder nicht", sagt Alexander.
Julia überlegt. Sie will die unangenehme Angelegenheit möglichst schnell hinter sich bringen und hat auch schon eine Idee.

„Es tut uns leid, dass wir Sie extra hierher bitten mussten", entschuldigt sich Alexander bei Birgit und Anna-Maria Hever, als er ihnen die Tür zum Büro der Kommissare aufhält, während Julia hinter ihrem Schreibtisch sitzt und auf dem Computer eine Datei mit Fotos aufruft.

„Ich verstehe nicht, warum Sie nicht einfach zu uns nach Hause kommen konnten", beschwert sich Birgit Hever und schiebt den Rollstuhl ihrer Tochter neben Julias Schreibtisch.

Alexander bringt Frau Hever einen Stuhl, dann setzt er sich hinter seinen Tisch.

„Wir möchten Ihrer Tochter einige Fotos zeigen. Das ist leider nur hier am Computer möglich", erklärt er entschuldigend. Dann sieht er Anna-Maria an, die die ganze Zeit über kein einziges Wort gesagt hatte und ziemlich abwesend wirkt.

„Würden Sie bitte auf meine Seite kommen. Ich werde Ihnen unsere Datei zeigen", sagt Julia.

Die junge Frau löst langsam, ohne eine Miene zu verziehen, die Bremsen ihres Rollstuhls, fährt um den Schreibtisch herum und positioniert sich neben der Kommissarin.

„Was sind das für Fotos?", fragt ihre Mutter besorgt.

„Am Tag vor dem Mord an Kurt Storm ist eine unbekannte, männliche Person in der Nähe seines Hauses gesehen worden. Da Ihre Tochter den ganzen Tag über Zuhause ist und vermutlich auch mal aus dem Fenster geschaut hat, möchten wir sie bitten, einen Blick in unsere Fotodatei zu werfen. Vielleicht hat sie eine Person aus unserer Datenbank schon einmal gesehen."

Anna-Maria verzieht keine Miene. Mit gleichgültigem Gesichtsausdruck sieht sie sich ein Bild nach dem anderen an, ohne eine Reaktion zu zeigen.

„Darf ich Ihnen einen Kaffee anbieten?", fragt Julia, die die ganze Zeit über hinter ihrem Schreibtisch gesessen und Anna-Maria beobachtet hat, nach zehn Minuten intensiver Arbeit.

„Gerne", sagt Birgit Hever dankbar, die sich ebenfalls neben ihre Tochter gesetzt hat, während Anna-Maria ablehnend den Kopf schüttelt.

Julia geht zur Kaffeemaschine, die hinter ihrem Schreibtisch steht und gießt aus der Warmhaltekanne eine Tasse ein.

„Möchten Sie Milch und Zucker?"

„Nein danke. Ich trinke ihn schwarz."

„Alexander, möchtet du auch einen Kaffee?"

„Ja, bitte", antwortet er und nickt ihr aufmunternd zu.

Julia füllt Alexanders Tasse ebenfalls. Mit einem vollen Kaffeebecher in jeder Hand geht sie vorsichtig zurück zu ihrem Schreibtisch.

„So, der ist für Sie", sagt Julia unkonventionell, streckt die linke Hand über Anna-Maria hinweg Birgit Hever entgegen. Dabei tritt sie versehentlich mit dem linken Fuß gegen das Rad des Rollstuhls. Julia stolpert und gerät ins Wanken. Der heiße Kaffee schwappt über und ergießt sich über Anna-Marias Beine.

„Oh Gott, das tut mir leid! Ich hole sofort ein Tuch", stottert Julia und nimmt schnell das Trockentuch, das neben der Kaffeemaschine an einem Haken hängt, während Alexander aufmerksam Anna-Marias Beine beobachtet.

Als Julia mit dem Tuch zurückkommt und vorsichtig ihre Jeans abtupft, sieht Anna-Maria sie völlig ruhig und entspannt an. „Sie brauchen sich nicht aufzuregen, ich spüre sowieso nichts." Dann vertieft sie sich wieder in die Fotos, als ob nichts gewesen wäre. Julia fühlt sich schlecht.

Anna-Maria ist gelähmt und sie verdächtigten sie, dass sie einen Mord begangen hat. Welch grausame Unterstellung. Während Julia immer noch dabei ist, die Jeans abzutupfen, schaut sie unauffällig zu Alexander hinüber, der kaum merklich den Kopf schüttelt.

„Ich habe dir doch gesagt, dass sie gelähmt ist", zischt Julia wütend, nachdem Frau Hever ihre Tochter mit dem Rollstuhl aus dem Büro geschoben hat.
„Okay, okay. Du hattest Recht. Aber wir müssen bei unseren Ermittlungen allen Hinweisen nachgehen und dazu gehörte diese Eventualität nun mal eben auch. Damit ist diese Sache erledigt. Aber du bist ja vor lauter Mitleid mit dem Mädchen vollkommen blind…", wirft ihr Alexander vor.
„Ich bin blind vor Mitleid?", wiederholt Julia aufreizend langsam. Sie ist mittlerweile stocksauer. Ihre Augen funkeln. „Anna-Marias Leben wurde durch diesen Unfall zerstört und du wirfst ihr vor, sie spielt Theater!"
„Beruhige dich, bitte", versucht Alexander sie zu besänftigen, denn sie ist mit jedem Wort lauter geworden.
„Ich will mich aber nicht beruhigen. Wir haben ihr Unrecht getan! Das regt mich auf. Und ich habe ihr völlig unnötig Verbrühungen zugefügt, die sie nicht einmal spürt!"
„Wir wissen aber aus unserer Erfahrung, wozu manche Menschen fähig sind. Es haben sich schon so oft Menschen als Mörder entpuppt, von denen man es nie im Leben gedacht hätte. Wir haben uns völlig richtig verhalten", verteidigt Alexander ihr Vorgehen. „Aber auf der Suche nach Kurt Storms und Werner Rabes Mörder sind wir immer noch keinen Schritt voran gekommen. Wirklich aus-

schließen können wir nur Anna-Maria Hever, weil sie nicht laufen kann. Wir müssen unbedingt die Frau finden, die im Hotel war, bevor die Trauergäste eintrafen. Am besten spricht Erik mit der Person, die an diesem Tag an der Rezeption Dienst hatte. Danach soll er prüfen, ob Birgit Hever und Manuela Wandt Alibis für den Zeitraum vor dem Kaffeetrinken haben und diese auch sofort überprüfen. Wir fahren in der Zwischenzeit zu Werner Rabes Witwe und sprechen mit ihr", entscheidet Alexander und nimmt seine Jacke von der Garderobe.

Zwanzig Minuten später stehen die Kommissare vor dem Haus von Werner Rabes Witwe in Oberwiehl. Es ist ein großes Gebäude auf einem weitläufigen Grundstück. Die lange Auffahrt ist rechts und links gesäumt von lilafarbenen Astern, die zu dieser Jahreszeit in voller Blüte stehen. Die Sträucher und Hecken sind perfekt geschnitten, was Julia vermuten lässt, dass sich ein Gärtner um das parkähnliche Anwesen kümmert. Auch das Wohnhaus sieht sehr gepflegt aus, so, als hätte es gerade erst einen neuen Anstrich bekommen.
Auf ihr Klingeln öffnet den Kommissaren eine blasse, übernächtigte Frau um die fünfzig. Ihre Haare sind ungekämmt, die Wimperntusche ist verlaufen und das weiße Unterhemd lugt aus der schwarzen Jogginghose hervor.
Nachdem sich Alexander und Julia als Kommissare ausgewiesen und ihr das Beileid ausgesprochen haben, führt die Frau sie in das geräumige Wohnzimmer. Die Einrichtung ist extravagant und sämtliche Möbel sehen nach Designerstücken aus. Das Ehepaar hat bei der Auswahl der Sessel und Tische sowie der Farbkombination mintgrün, lila und weiß Mut bewiesen. Das fällt Julia beim Betreten des Rau-

mes sofort auf. Es ist deutlich zu erkennen, dass sie bei der Ausstattung nicht zu sparen brauchten.

„Ich kann noch gar nicht begreifen, dass er tot ist", schluchzt Helga Rabe und schnäuzt in ein weißes Taschentuch mit Spitzenrand. „Vor allem kann ich das Ganze überhaupt nicht verstehen. Er wusste doch, dass er auf Nüsse in höchstem Maße allergisch reagiert und hat sonst immer penibel darauf geachtet, was er zu sich genommen hat."

„Deswegen müssen wir auch mit Ihnen sprechen. Es sieht alles nach einem gezielten Mordanschlag auf Ihren Mann aus. Es wurde Nussöl in dem Kaffee nachgewiesen, der in der Thermoskanne auf Ihrem Tisch gestanden hat", erklärt Alexander.

Die Frau blickt entsetzt von einem zum anderen. „Es war Mord!?", flüstert sie fassungslos. „Aber…, aber wer sollte denn meinen Mann umbringen? Er hat doch niemandem etwas getan!" Sie beginnt erneut zu schluchzen und wischt die Tränen mit ihrem durchnässten Taschentuch ab.

„Hatte Ihr Mann im privaten oder beruflichen Bereich Feinde?", fragt Julia.

Die Frau schüttelt energisch den Kopf. „Nein, mein Mann hatte keine Feinde. Das ist völlig ausgeschlossen. Er war ein guter Mensch, ganz im Gegensatz zu seinem Geschäftsfreund Kurt Storm. Mein Mann war beruflich zwar auch sehr erfolgreich, aber er hat sich gegenüber seinen Mitarbeitern und Firmen, mit denen er Geschäftsbeziehungen unterhielt, immer fair verhalten."

„Arbeitete er vielleicht an einem Projekt, bei dem auch Kurt Storm beteiligt war und bei dem nicht alles reibungslos ablief?", forscht Julia weiter.

Die Frau überlegt. „Auch das nicht. Mein Mann hat mir immer von seinen Geschäften berichtet und mich oft um

meinen Rat gefragt. Wenn er irgendwelche Probleme gehabt hätte, hätte er mit mir darüber gesprochen, denn ich arbeite auch in der Bank."
„Als Ihr Mann beim Beerdigungskaffee den anaphylaktischen Schock erlitt, hat er da nicht versucht, seinen Pen zu benutzen?"
„Das hat er, aber der war leer. Das verstehe ich überhaupt nicht. Er hat immer sorgfältig darauf geachtet, dass er den Pen aufgefüllt hat. Ich kann mir nicht erklären, wie das passieren konnte."
„Wer wusste davon, dass Ihr Mann eine Nussallergie hatte?"
Die Witwe überlegt. „Da gibt es nicht so viele. Nur unsere engsten Verwandten und ein paar gute Freunde."
„Gibt es vielleicht außerhalb dieses Kreises doch noch die ein oder andere Person? Für unsere Ermittlung wäre diese Information sehr wichtig. Überlegen Sie bitte ganz genau und lassen Sie sich ruhig Zeit."
Eine Weile denkt Helga Rabe nach.
„Da fallen mir noch seine vier Geschäftsfreunde ein. Beziehungsweise jetzt sind es ja nur noch drei. Sonst wüsste ich niemanden mehr. Er hat es nur Leuten erzählt, bei denen er privat zum Essen eingeladen war." Dann schnäuzt sie erneut kräftig in ihr Taschentuch. „Warten Sie", sagt sie plötzlich. „Da ist noch Michael Storm, der Sohn von Kurt. Er war vor einigen Monaten mit seinem Vater bei uns zum Essen. Ich weiß das deshalb so genau, weil mir Kurt eine große Schachtel Pralinen mitbrachte und ich gesagt habe, dass ich sie vor meinem Mann verstecken muss, weil er gegen Nüsse allergisch ist."
„Und wem aus diesem Personenkreis war bekannt, dass Ihr Mann einen Pen besaß?"

Dieses Mal kommt ihre Antwort schneller. „Den vier Geschäftsfreunden und Michael. Mein Mann hat das Mittel erst einmal benutzen müssen und das war vor ein paar Monaten in einem Restaurant in Wiehl, als er mit den Männern auf einem Geschäftsessen war und versehentlich etwas mit Nüssen zu sich genommen hatte."
„Hatte Ihr Mann mit einer dieser Personen in der Vergangenheit Streit?"
„Nein."
„Kennen Sie eigentlich die Nachbarn der Storms?"
„Ich habe die Hevers und die Wandts im Gerichtssaal gesehen, als mein Mann als Zeuge aussagen musste. Soweit mir bekannt ist, haben sie Kurt nach dem Freispruch bedroht. Das ist alles, was ich weiß. Die anderen Nachbarn kenne ich nicht."
„Ja, dann vielen Dank für Ihre Hilfe", verabschiedet sich Alexander und die Kommissare verlassen das Haus.

Auf dem Revier werden Alexander und Julia bereits von Erik erwartet.
„Ich habe in der Zwischenzeit mit Birgit Hever und Manuela Wandt gesprochen. Sie haben ein Alibi für die Zeit, in der die Unbekannte im Hotel war. Birgit Hever hatte einen Arzttermin. Das hat uns die Arzthelferin bestätigt. Manuela Wandt war zur Physiotherapie, was uns ebenfalls bestätigt wurde. Ich habe mich außerdem über Helga Rabe erkundigt. Sie und ihr Mann haben eine sehr harmonische Ehe geführt. Da gab es keine Streitereien und ihr gehören große Teile des Vermögens. Ein offensichtliches Motiv für einen Mord gibt es also von ihrer Seite aus nicht."
„Konnte sich die Dame an der Hotelrezeption an die Unbekannte erinnern?", fragt Alexander.

Erik schüttelt den Kopf.

„Nein. Sie hat sie nur flüchtig gesehen und kann sie leider nicht beschreiben."

„Also wenn ihr mich fragt, es sieht alles danach aus, dass die beiden Morde zusammenhängen und dass es sich tatsächlich um einen Rachefeldzug wegen des Unfalls handelt. Es muss ja nicht unbedingt ein Angehöriger der betroffenen Familien den Mord ausgeführt haben, es kann ja - wie wir schon mal überlegt haben - eine außenstehende Person mit dem Mord beauftragt worden sein, die jeweils im Vorfeld mit den entsprechenden Informationen versorgt wurde", mutmaßt Julia. „Und mal ganz ehrlich. Die beiden Noltemanns und Wilhelm Klaußen sind einfach zu alt und gebrechlich, den Mord an Kurt Storm begangen zu haben und zu Werner Rabe fehlte die Verbindung."

Alexander starrt eine Weile vor sich hin, dann nickt er.

„Ich glaube, ich weiß wer hinter den Morden steht", sagt er plötzlich.

Erik und Julia sehen ihn erstaunt an. „Wer?", fragt Julia und wartet gespannt auf eine Antwort.

„Michael Storm!"

„Michael Storm? Der doch nicht. So ein rechtschaffener Mensch würde niemals einen Mord begehen." Julia schüttelt energisch den Kopf. „Das halte ich für ausgeschlossen!"

„Er hat seinen Vater und dessen Verhalten verabscheut. Nehmen wir mal an, sein Vater hat den schrecklichen Verkehrsunfall tatsächlich verursacht und die Geschäftsfreunde haben ihm ein falsches Alibi gegeben! Vielleicht…"

„Ich denke, Anna-Maria hat sich getäuscht, als sie ihn als Unfallverursacher erkannt hat und die Geschäftsfreunde, die ihm das Alibi gegeben haben, sind seriöse unbeschol tene Bürger", unterbricht Julia die Ausführung seiner Theorien mit ironischem Unterton.

Alexander verzieht das Gesicht zu einer Grimasse, bevor er mit seinen Ausführungen fortfährt.

„Also: Michael hat herausbekommen, dass sein Vater tatsächlich der Unfallverursacher war und konnte nicht damit umgehen. Anna-Marias Mutter hat dir doch erzählt, dass Michael ihre Tochter öfter besucht. Er sieht das Leid, weiß, dass die Schuld seines Vaters nie zu beweisen ist und will selber Richter spielen."

Julia überlegt. „Seinen Vater hätte er erstechen können bevor er in die Bar ging, wenn wir die ungefähre Todeszeit nur eine halbe Stunde nach vorne ausdehnen würden. Von seinem Elternhaus zur Hotelbar wären es keine fünf Minuten gewesen. Der Brand ist schließlich viel später durch die Kerze ausgebrochen."

„Genau. Und von Werner Rabes Nussallergie wusste er auch. Er kann sich Zugang zu dessen Haus verschafft und den Pen geleert haben. Um das Nussöl in den Kaffee zu gießen, muss er dann allerdings eine weibliche Person um Hilfe gebeten haben."

„Ganz schön clever. Da diese Frau ganz in schwarz gekleidet war und eine Sonnenbrille und Kopftuch trug, nahm jeder an, sie sei Gast auf der Trauerfeier. Daher schöpfte keiner Verdacht und niemand kann sich an sie erinnern", fügt Julia hinzu.

„Wenn wir mit dieser Theorie richtig liegen, wird er die anderen verbliebenen Geschäftsfreunde nach und nach ebenfalls ausspionieren und töten wollen. Wir müssen unbedingt mit den Männern reden und sie mit der möglichen Gefahr konfrontieren", beschließt Alexander.

20

„Sagen Sie uns endlich, warum Sie uns hierher bestellt haben?", fragt Klaus Richertz ungeduldig, zieht seinen Mantel aus und hängt ihn so über die Stuhllehne, dass das Modelabel zu sehen ist. Zweifelsohne wird der Mantel ein halbes Vermögen gekostet haben, schließlich ist er aus echtem Kaschmir.

„Ich denke, ich spreche für uns alle, wenn ich sage, wir haben Besseres zu tun, als hier herumzusitzen. Ich hoffe für Sie, dass es sich um etwas sehr Wichtiges handelt, was Sie mit uns zu besprechen haben", äußert sich Hans Menge ungehalten.

„Das hoffe ich allerdings auch. Sie haben wahrscheinlich keine Vorstellung davon, dass es in unseren Jobs um Millionen geht und Zeit Geld ist", pflichtet Hermann Weger bei. „Kommen Sie also endlich zur Sache, damit wir das Ganze zügig hinter uns bringen und wieder gehen können."

Die Geschäftsleute lassen keinen Zweifel daran, dass sie dieses Gespräch für überflüssig halten, auch wenn sie noch gar nicht wissen, worum es geht. Julia mag Menschen nicht besonders, die sich selbst viel zu wichtig nehmen.

„Glauben Sie, unser Anliegen ist zwingend! Es geht immerhin um zwei Morde", entgegnet Julia ruhig, obwohl sie innerlich vor Wut kocht.

„Dann werden wir direkt zur Sache kommen. Haben Sie Kurt Storm für den Zeitpunkt des Unfalls von Anna-Maria Hever und Christian Wandt ein falsches Alibi gegeben?", fragt Alexander ohne Umschweife und ist gespannt auf die

Reaktionen der Männer.
Die Geschäftsfreunde zucken zusammen, wirken unsicher. Dann fangen sie sich wieder.
„Wie können Sie es wagen, uns so etwas zu unterstellen?", fragt Hermann Weger erbost. „Wir sind ehrenwerte Bürger und haben einen einwandfreien Ruf. Ein falsches Alibi zu geben wäre eine Straftat!"
„Wir haben damals vor Gericht ausgesagt, dass Kurt zum Unfallzeitpunkt mit uns in einem Restaurant in Köln war. Der Kellner hat das ebenfalls bezeugt. Ich verstehe nicht, warum Sie die alte Geschichte jetzt wieder aufwärmen", sagt Hans Menge wütend und sieht Alexander böse an.
„Sie könnten ihm ein falsches Alibi gegeben haben, um ihn vor einer Bestrafung zu schützen. Sozusagen ein Freundschaftsdienst", hakt Alexander weiter nach.
„Das ist vollkommener Unsinn. Zweifeln Sie etwa an unserem Wort?", keift Hermann Weger, springt von seinem Stuhl auf und geht zu Alexanders Schreibtisch, wo er sich mit beiden Händen aufstützt und ihn drohend ansieht. „Ich weiß nicht, ob wir uns so etwas bieten lassen müssen."
„Warum sollten wir so etwas tun? Was glauben Sie, hätten wir davon?", fragt Hans Menge.
Alexander ist die Ruhe selbst und lässt sich durch die Aufgebrachtheit der Geschäftsleute nicht aus der Fassung bringen. „Wir haben ein bisschen recherchiert. Sie, Herr Menge, kannten Kurt Storm schon seit der Schulzeit. Sie sind Anwalt und vertreten Ihre Geschäftsfreunde in juristischen Fällen. Sie, Herr Weger, sind Inhaber einer EDV Firma und versorgen die anderen mit Hard- und Software. Und Sie, Herr Richertz, sind Inhaber mehrerer Nobelrestaurants, in denen die anderen mit Kunden oder Lieferanten zu Geschäftsessen kommen. Der verstorbene Werner Rabe

hat sich als Filialdirektor einer großen Bank um sämtliche Bankgeschäfte und Kredite gekümmert. Wenn man untereinander so verbunden ist und voneinander profitiert, liegt es doch nahe, dass man sich gegenseitig hilft, wenn einer in Schwierigkeiten ist. Unfallflucht mit Todesfolge ist aber kein Pappenstiel."
„Sie haben Recht, unsere Geschäftsbeziehungen untereinander sind sehr eng. Aber das hat noch lange nicht zu bedeuten, dass wir ein Verbrechen decken", sagt Hermann Weger herablassend. „Außerdem, was hat das alles mit Rabes Tod zu tun?"
Dass Werner Rabe ein Unschuldslamm gewesen sein soll, wie es seine Witwe beteuert hatte, kann Julia nach diesem Verhalten kaum glauben.
„Also mir wird das jetzt zu bunt. Ich will meinen Anwalt sprechen und zwar sofort", verlangt Klaus Richertz ungehalten.
Julia schmunzelt in sich hinein. Es trifft genau so ein, wie sie es sich vorgestellt hatte.
„Das dürfen Sie natürlich gerne", sagt Alexander gelassen und reicht ihm sein Telefon. „Es stört Sie hoffentlich nicht, dass ich weiterspreche, während Sie die Nummer heraussuchen und wählen."
Dann sieht Alexander in die Runde und verschränkt die Arme vor dem Körper. „Allerdings wäre ich an Ihrer Stelle etwas kooperativer. Wie es aussieht, handelt es sich beim Tod von Werner Rabe nämlich nicht um einen tragischen Unglücksfall, sondern um einen heimtückischen, sehr raffiniert eingefädelten Mord."
Mit lautem Poltern fällt Klaus Richertz der Telefonhörer aus der Hand und knallt auf den Tisch. Dann folgt eine Stille, in der der Aufprall einer Stecknadel auf den Boden

einer Explosion geglichen hätte. Die Geschäftsleute wirken geschockt und werfen sich untereinander angstvolle, fragende Blicke zu.

„Aber,…es sah doch alles danach aus, als wäre er an einem anaphylaktischen Schock gestorben, weil er versehentlich Nüsse gegessen hat!", stammelt Hans Menge.

Als Klaus Richertz sich wieder gefasst hat, legt er den Telefonhörer auf, bevor er überhaupt mit seinem Anwalt gesprochen hat.

Julia erkennt mit Genugtuung, dass sie jetzt die volle Aufmerksamkeit der Herren auf ihrer Seite haben. „Ganz so war es nicht. Er ist aufgrund des anaphylaktischen Schocks gestorben, weil er allergisch gegen Nüsse war, das ist richtig. Aber in den Kaffee, den es nach der Beerdigung im Hotel gegeben hat, gehört beim besten Willen kein Nussöl. Wir gehen also davon aus, dass dies mit voller Absicht in den Kaffee gemischt wurde, weil der Täter gewusst hat, wie Rabe darauf reagiert."

„Und dieser Mord soll also mit dem an Kurt Storm in Zusammenhang stehen", fragt Hans Menge irritiert. Es scheint, als fürchte er jetzt auch um sein Leben.

„Man könnte dahinter einen Rachefeldzug vermuten", erklärt Alexander. „Zumal Werner Rabe einen Adrenalin-Pen bei sich trug, der leer war. Es ist davon auszugehen, dass der Mörder dafür gesorgt hat, um sicher zu gehen, dass Rabe auch wirklich bei dem Anschlag stirbt. Nehmen wir doch mal an, Sie haben Kurt Storm für den Unfallzeitpunkt ein falsches Alibi gegeben und er hat tatsächlich, wie Anna-Maria Hever ausgesagt hat, den Unfall verursacht. Dadurch hätte er viele Menschen ins Unglück gestürzt: die Familien Hever und Wandt und auch Freunde der Opfer. Er ist aber durch Ihre Aussagen nicht für seine

Tat bestraft worden. Haben Sie vielleicht eine Vorstellung davon, wie sich die Angehörigen und Freunde der Opfer fühlen? Dass da Rachegedanken aufkommen ist nachvollziehbar. Aber Mord ist der falsche Weg."
Plötzlich Schweigen. Alle drei scheinen über Alexanders Worte nachzudenken. Sie wirken bei weitem nicht mehr so überheblich wie am Anfang der Befragung, eher verunsichert und ratlos.
„Wir haben nichts Unrechtes getan. Können wir jetzt gehen?", fragt Hans Menge schließlich.
Alexander atmet enttäuscht durch. Er hatte gehofft, die Männer mit der Tatsache, dass es sich bei Werner Rabes Tod um Mord handelte, zu einer Aussage bewegen zu können. Auch wenn er anfangs Julia vehement widersprochen hatte, als sie an Anna-Marias Aussage glaubte, so ist er jetzt selbst davon überzeugt, dass die Geschäftsfreunde lügen und dass Kurt Storm der Unfallverursacher war. Doch den Kommissaren fehlen die Beweise. Alexander beschließt, einen letzten Versuch zu unternehmen, um die Männer umzustimmen und ihnen die Gefahr, in der sie sich befinden, noch einmal deutlich vor Augen zu führen.
„Sie können gehen. Aber bedenken Sie bitte, dass der Täter es auch auf Sie abgesehen haben könnte", warnt Alexander. „Wenn die Morde wirklich aus Rache geschehen sind, dann wird der Täter nach dem zweiten Mord nicht aufhören. Er wird erst ruhen, wenn alle bestraft sind, die seiner Meinung nach für den Unfall und die fehlende Verurteilung verantwortlich sind."
„Wir haben nichts zu befürchten", sagt Klaus Richertz, steht auf und zieht seinen Mantel an.
Die beiden anderen tun es ihm nach und verabschieden sich.

„Nun gut. Falls Sie uns doch noch etwas zu sagen haben, rufen Sie uns bitte an. Jederzeit." Alexander gibt jedem von ihnen seine Karte und lässt sie gehen.

„Erik und ein paar andere Kollege sollen den Männern unauffällig folgen", beschließt Julia, nachdem die Männer ihr Büro verlassen haben. „Ich habe das Gefühl, dass der Mörder nicht lange auf sich warten lässt."
„Ich habe schon befürchtet, dass sie nichts sagen werden. So ein verdammter Mist", schimpft Alexander.
„Ich habe auch damit gerechnet. Immerhin geht es um Falschaussage und Vertuschung einer Straftat. Vielleicht sogar noch um Anstiftung zur Falschaussage, wenn sie die beiden Kellner, die Kurt Storms Alibi ebenfalls bestätigt haben, womöglich bestochen haben. Die Kellner müssen wir uns unbedingt einmal vorknöpfen. Aber jetzt nicht mehr. Lass uns für heute Feierabend machen."
„Ja, es war ein langer Tag", stimmt Julia zu, räumt ihre Akten vom Schreibtisch und fährt ihren Computer runter. Als sie ihren Mantel vom Haken nimmt, blickt sie auf die Uhr. Es sind noch ungefähr anderthalb Stunden bevor es dunkel wird. In Anbetracht der Tatsache, dass das Wetter heute sehr gut ist, beschließt sie, noch eine Runde mit ihrem Mountainbike zu drehen, um wieder einen klaren Kopf zu bekommen. „Dann bis morgen", verabschiedet sie sich von Alexander.
Eine halbe Stunde später ist sie zu Hause, zieht ihre Sportsachen an und schwingt sich aufs Rad. Von Börnhausen aus fährt sie zuerst über Gassenhagen und Hau nach Fahlenbruch. Eine zähe Angelegenheit, denn nach zwei kleineren Anstiegen zieht sich der steile Berg nach Fahlenbruch wie Kaugummi. Sie merkt, dass sie in der letzten

Zeit zu selten gefahren ist, denn sie keucht ganz schön, als sie den Ort hinter sich gelassen und die Anhöhe erreicht hat. Sie biegt nach links in Richtung Großfischbach ab und nach ungefähr einem Kilometer nochmal links nach Hengstenberg. Für ihre Anstrengungen wird sie mit einem herrlichen Ausblick belohnt. Sie gönnt sich deshalb eine kleine Pause, denn der Blick über Wiehl und die umliegenden Ortschaften ist traumhaft. Die Luft ist klar und kalt, die Wiesen sind grün und die Blätter der Bäume leuchten gelb und rot. Sie atmet tief durch. Doch lange kann sie nicht verharren, denn der Wind dringt unbarmherzig durch ihre dünnen Sportsachen und sie beginnt zu frieren.

Daher setzt sie ihren Weg fort, fährt über die Höhe weiter nach Hengstenberg, wo sie kurz hinter dem Ortsanfang links die schmale Straße nach Faulmert nimmt. Auf dieser Strecke bietet sich ihr wieder ein herrliches Panorama, dieses Mal auf einen Teil des Bechtales mit seinen grünen Wiesen und Wäldern.

Schließlich biegt sie in der Ortsmitte von Faulmert nach links ab und strampelt den steilen Berg hoch zurück auf die Strecke, auf der sie vorhin gefahren war. Dann nimmt sie den gleichen Weg zurück nach Fahlenbruch, von wo aus es jetzt - bis auf einen kleinen Anstieg - nur noch bergab nach Börnhausen geht.

Als sie zu Hause ankommt, gönnt sie sich erst einmal eine heiße Dusche. Das ist genau das Richtige nach einem so langen und anstrengenden Tag. Anschließend lässt sie den Abend gemütlich ausklingen, zieht sich ihren Jogginganzug an und kocht Spaghetti mit Tomatensoße, die sie auf dem Sofa vor dem Fernseher isst.

Erik sitzt seit ungefähr zwei Stunden gelangweilt hinter dem Steuer seines Wagens und beobachtet das Haus einer gewissen Andrea Wieland in Nümbrecht, welches Klaus Richertz vor zwei Stunden betreten hat. Sein Kollege hat es sich auf dem Beifahrersitz bequem gemacht und ist mittlerweile eingeschlafen. Nachdem der Geschäftsmann vor dem Revier noch kurz mit seinen Freunden auf der Straße gestanden und heftig diskutiert hatte, war er direkt zu diesem Haus gefahren und darin verschwunden. Durch ein großes Fenster im Erdgeschoss hatte Erik ihn zusammen mit einer rothaarigen Frau um die vierzig gesehen, anscheinend seine Geliebte. Sein Auto hatte der Geschäftsmann am Ende der Straße abgestellt, wo sie nur spärlich beleuchtet ist. Das Fahrzeug steht dicht an einer Hecke, von anderen Häusern nicht einsehbar. Gegen einundzwanzig Uhr fährt ein roter Sportwagen Richtung Wendehammer, dreht und kommt sofort wieder zurück.
Punkt einundzwanzig Uhr dreißig verlässt Klaus Richertz das Haus, tritt auf die Straße, sieht sich hektisch nach rechts und links um und geht zu seinem Fahrzeug. Als er jedoch nach ein paar Minuten noch nicht an Eriks Wagen vorbeigekommen ist, weckt der Kommissar seinen Kollegen. „Ich glaube, es tut sich was. Lass uns nachschauen."
Die beiden steigen aus, lehnen die Autotüren an, um keinen Lärm zu verursachen, und schleichen vorsichtig ans Ende der Straße. Dort vernehmen sie eine leise wimmernde männliche Stimme. „Was soll das?"
Erik erkennt die Umrisse zweier Gestalten. Im fahlen Mondlicht blitzt die Klinge eines Messers auf, die eine Person dem Geschäftsmann von hinten an die Kehle hält.
„Was wollen Sie?" Seine Stimme klingt ängstlich.
„Ich werde dich dafür bestrafen, dass du einen Mörder

gedeckt hast, du mieses Schwein." Die Stimme lässt Erik zusammenschrecken.

„Ich habe keinen Mörder gedeckt", beteuert der Geschäftsmann.

„Du lügst!", zischt die Person wütend. „Und dafür wirst du bezahlen. Genauso wie Werner Rabe."

Erik hat genug gehört und zieht seine Waffe, bevor die Situation eskaliert. „Hände hoch und lassen Sie sofort das Messer fallen", befiehlt er laut.

„Wenn Sie näher kommen, bringe ich ihn um", droht die Person.

„Das hat doch keinen Sinn. Gleich wimmelt es hier vor Polizisten", sagt Erik und sieht, wie die Person zu zögern scheint.

„Nehmen Sie das Messer runter und lassen Sie den Mann los!", befiehlt Eriks Kollege, der sich von hinten an die Person herangeschlichen hat. Diese zuckt erschrocken zusammen.

Julia hat sich gerade die letzte Gabel mit Spaghetti in den Mund geschoben, als ihr Handy klingelt. Es ist Alexander.

„Ich bin in zehn Minuten bei dir. Erik hat in Nümbrecht eine Person festgenommen, die Klaus Richertz umbringen wollte", sagt er in seiner knappen Art.

Als die Kommissare kurz darauf den Tatort erreichen, sitzt Klaus Richertz in einem Rettungswagen, wo seine Schnittwunde an der Kehle versorgt wird. Der Geschäftsmann sieht ziemlich mitgenommen aus. Das Blut war ihm den Hals hinunter gelaufen und hatte das hellblaue Oberhemd rot gefärbt.

Ein Stück weiter hockt eine dunkle Gestalt mit Kapuze in einem Polizeibus, den Blick zu Boden gerichtet.

„Sie hat Klaus Richertz mit dem Messer bedroht", erklärt Erik.

„Nehmen Sie bitte die Kapuze herunter", fordert Julia die Person auf.

Als diese keine Anstalten macht, ihrer Anweisung zu folgen, zieht Julia selber die Kapuze ab und tritt entsetzt einen Schritt zurück. Sie kann nicht glauben, wer hier vor ihr sitzt und den Anschlag auf Richertz begangen und wahrscheinlich auch das Leben von Kurt Storm und Werner Rabe auf dem Gewissen hat.

21

„Als ich im Krankenhaus aufgewacht bin und meine Beine nicht mehr bewegen konnte, ist für mich eine Welt zusammengebrochen", beginnt Anna-Maria zu erzählen. Sie spricht leise und ist völlig ruhig. „Niemand wollte mir sagen, was mit meinem Freund geschehen ist. Erst nach der Operation haben sie mir erzählt, dass er den Unfall nicht überlebt hat. Das hat mich völlig aus der Bahn geworfen. Ich wollte nicht mehr leben, habe lange Zeit darüber nachgedacht, mich umzubringen. Was sollte ich auch ohne ihn? Wir hatten so viele Pläne: Wir wollten heiraten, die Welt sehen, Kinder haben. Und plötzlich war das alles zerstört." Anna-Maria senkt den Kopf und schweigt eine Weile, bevor sie genau so leise weiterspricht wie zuvor. „Irgendwie habe ich es aber doch nicht geschafft mich umzubringen. Ich habe an meine Familie und an Christians Eltern gedacht. Das konnte ich ihnen nicht antun. Ich war lange Zeit im Krankenhaus und in einer Reha-Klinik. So viele Nächte habe ich wach in meinem Bett gelegen, die Wände angestarrt und darüber nachgedacht, wie mein Leben weiter gehen soll. Nach einigen Monaten spürte ich plötzlich, dass ich meine Beine wieder etwas bewegen kann."

„Danke", sagt Michael Storm und nickt Alexander zu, als dieser ihm einen heißen Kaffee reicht. „Es tat mir so leid, was Anna-Maria und ihrem Freund zugestoßen ist. Ich mochte sie immer sehr gern und wir haben uns früher öfter getroffen, als ich noch bei meinem Vater wohnte. Ich habe sie im Krankenhaus besucht, als es die Ärzte erlaubten.

Anfangs durfte nur ihre Familie und die Polizei zu ihr."
Einen Augenblick lang schweigt er. „Anna-Maria war total fertig. Einerseits konnte sie ihre Beine nicht mehr bewegen und ihr Freund war bei dem Unfall gestorben, andererseits hatte sie bei der Polizei Angaben zum Unfallverursacher - meinem Vater gemacht -, der das vehement bestritt. Sie verstand die Welt nicht mehr und war völlig verzweifelt."
„Haben Sie ihr geglaubt, dass Ihr Vater der Unfallfahrer war?", fragt Alexander.
„Natürlich. Ich kannte meinen Vater nur zu gut und wusste, dass er eiskalt und berechnend war und ein Fehlverhalten um jeden Preis vertuschen würde. Vom Krankenhaus aus bin ich dann direkt zu ihm gefahren und habe ihn zur Rede gestellt. Ich wollte die Wahrheit aus ihm herausbekommen. Doch er hat nur höhnisch gelacht und gesagt, die Kleine würde spinnen und wollte ihm etwas anhängen, aber das würde er sich nicht bieten lassen. Er würde sie vor Gericht fertig machen und sie als Lügnerin hinstellen. Schließlich hätte er vier Zeugen. Als er mir die Namen nannte, war mir schon klar, dass seine feinen Geschäftsfreunde ihn decken würden. Sein Verhalten war einfach widerlich. Aber ich konnte ja nichts beweisen."

„Ich habe niemandem davon erzählt, außer Michael, der mich öfter besucht hat und den ich schon seit Kindertagen kenne. Als ich mitbekam, dass sein Vater bestritt, den Unfall verursacht zu haben, und mich vor Gericht als Lügnerin darstellen wollte, habe ich wie besessen trainiert, damit ich wieder normal gehen kann. Immer, wenn ich alleine war, habe ich heimlich Übungen gemacht. In meinem Kopf verfolgte ich währenddessen schon einen Plan. Ich wollte ihm die Stirn bieten. Wollte ihm zeigen, dass er mich nicht kleinkriegt."

„Aber das ist dann vor Gericht doch passiert", bemerkt Julia.

Anna-Maria stößt einen verächtlichen Laut aus und sieht zu Boden.

„Dieses Schwein erschien mit zwei Anwälten und vier Zeugen vor Gericht. Die Zeugen, alles Geschäftsfreunde, haben ausgesagt, dass er zum Unfallzeitpunkt mit ihnen in Köln war." Dann sieht sie Julia unvermittelt an. „Wem die Richter geglaubt haben, ist ja wohl nicht schwer zu erraten."

„Und dann haben Sie Ihren Plan geändert."

„Ja. Ich konnte es nicht ertragen, dass er meinen Freund auf dem Gewissen hat und ungeschoren davonkommt. Nur meine Familie und Christians Eltern haben mir geglaubt. Und Michael natürlich, schließlich kannte er seinen Vater, und die beiden haben sich nie gut verstanden."

„Auf einem meiner Besuche bei Anna-Maria sprachen wir über ihre Rachegefühle. Ich konnte sie gut nachvollziehen. Ich hasse meinen Vater ebenfalls, weil ich so sein sollte, wie er das wollte. Er hat meine Mutter aus dem Haus geekelt, Jana und die Nachbarn schlecht behandelt, seine Mitarbeiter ausgebeutet. Das könnte ich jetzt beliebig weiterführen, Beispiele gibt es genug. Und dann wollte er die Verantwortung für Anna-Marias Unfall nicht übernehmen. Da haben wir gemeinsam den Mord an meinem Vater geplant", erklärt Michael.

„Hat Anna-Maria Sie dazu angestiftet?", fragt Alexander.

„Nein, hat sie nicht. Es war meine Entscheidung. Ich hasste ihn."

„Welchen Part haben Sie übernommen?"

„Ich habe die Informationen geliefert, wann mein Vater allein zu Hause sein wird und dass die Hintertür abends erst spät verschlossen wird. Zu Jana hatte ich ja noch guten Kontakt. Wir mussten einfach nur abwarten, bis unser Tag gekommen war."
„Sie verbrachten den ganzen Abend über in der Bar, um sich als Täter auszuschließen und Anna-Maria hat den Mord begangen", schlussfolgert Alexander.

„Während Michael in der Bar saß, habe ich mich wie immer in meinem Zimmer eingeschlossen. Am frühen Abend bin ich aus dem Fenster gestiegen und in der Dämmerung hinüber zu dem Haus der Storms geschlichen. Von Michael wusste ich, dass die Hintertür zur Küche nicht abgeschlossen ist, solange noch jemand wach ist. Da der Hund mich kennt, bestand keine Gefahr, dass er bellen würde. Ich konnte also ungehindert ins Wohnzimmer vordringen, wo ich Kurt Storm erstochen habe."
„Anschließend zündeten Sie eine Kerze auf dem Esszimmertisch an und legten Stoff darunter, der nach einigen Stunden Feuer fing und nach und nach das ganze Haus in Brand gesetzt hat", mutmaßt Julia.
„Ja. Alle Spuren sollten beseitigt werden. Wir dachten, das wäre ein guter Plan. Michael hätte ein Alibi und auf mich würde niemand kommen, weil ich im Rollstuhl sitze."

„Haben Sie den Mord an Werner Rabe auch gemeinschaftlich begangen?", fragt Alexander.
Michael nickt. „Wir waren beide fassungslos über das Verhalten der Geschäftsfreunde meines Vaters. Deshalb beschlossen wir, diese ebenfalls zu töten. Ich lieferte wieder die Informationen. Von einem Geschäftsessen bei ihm zu

Hause wusste ich, dass er gegen Nüsse allergisch war. Darüber habe ich mit Anna-Maria gesprochen und wir kamen auf die Idee, dass wir bei ihm einen anaphylaktischen Schock herbeiführen. Am Abend vor der Beerdigung meines Vaters bin ich in sein Haus eingedrungen und habe den Pen geleert. Seinen Haustürschlüssel hatte ich ihm entwendet und nachmachen lassen, als er mal bei meinem Vater zu Besuch war."
„Und während alle auf der Beerdigung waren, ist Anna-Maria in das Hotel gegangen und hat Nussöl in den Kaffee auf dem Tisch der Geschäftsfreunde gegossen."
Er nickt. „So schied ich wieder als Verdächtiger aus und Anna-Maria kam als Gelähmte sowieso nicht in Frage."
„Wie ist sie denn zum Hotel gekommen?", will Alexander wissen. „Den weiten Weg konnte sie unmöglich zu Fuß zurücklegen."
„Sie hat sich noch einmal aus ihrem Zimmer geschlichen und ist durch den Wald hinter ihrem Haus an die Homburger Straße gekommen. Sie ist zu mir ins Auto gestiegen. Ich habe sie in der Nähe des Friedhofs abgesetzt und sie nach dem Kaffeetrinken im Kurpark wieder abgeholt, wo sie sich so lange versteckt gehalten hatte."

„Nachdem Werner Rabe an dem anaphylaktischen Schock gestorben ist, hat uns eine Hotelangestellte berichtet, dass sie kurz bevor die Trauergäste kamen eine Frau mit Sonnenbrille und Kopftuch gesehen hat, die sich sehr langsam und unsicher bewegte. Wir kamen schließlich darauf, dass Sie vielleicht wieder gehen könnten", erklärt Julia.
Anna-Maria lacht leise. „Dass einer Hotelangestellten mein langsamer Gang auffällt, hätte nicht passieren sollen." Dann sieht sie Julia unvermittelt an. „Der Kaffee,

den Sie versehentlich auf dem Revier auf meine Oberschenkel geschüttet haben war ein Test, ob ich meine Beine wieder spüre, nicht wahr?", fragt sie gerade heraus.
Julia verzieht das Gesicht. „Ja, aber wie kam es, dass Sie nicht reagiert haben? Der Kaffee war doch heiß!"
Anna-Maria grinst verschmitzt. „Michael und ich haben vermutet, dass Sie, wenn Sie keinem der Nachbarn etwas nachweisen können, darüber nachdenken werden, ob ich wieder laufen kann. Und um das herauszufinden kamen unserer Meinung nach nur zwei Methoden in Frage: Entweder Sie lassen mich auf dem Revier eine Weile allein in einem Raum und täuschen einen Feueralarm vor, um zu sehen, ob ich aufspringe und mich rette, oder aber Sie schütten mir etwas Heißes über die Beine. Michael hat mir für letzteren Fall eine Folie besorgt, die ich zerschnitten und um die Beine gewickelt habe. Darunter trug ich einige dicke Strumpfhosen, die die Hitze abhalten sollten. Dadurch habe ich nichts gespürt."
„Das war wirklich clever von Ihnen. Wir hatten Sie danach als Verdächtige ausgeschlossen", gibt Julia offen zu.
„Doch dann haben wir einen Fehler begangen. Wir befanden uns in einem wahren Rauschzustand. Weil die ersten beiden Morde so gut funktioniert hatten, wollten wir auch direkt den dritten begehen. Das war einfach zu früh. Wir hätten wissen müssen, dass die verbliebenen drei Geschäftsfreunde von der Polizei beobachtet würden", gesteht Anna-Maria. „Aber ich sage Ihnen etwas. Ich bereue meine Taten nicht. Ich stehe dazu. Mir ist egal, was mit mir passiert, mein Leben ist sowieso zerstört. Ich hoffe nur, dass Michael nicht zu hart bestraft wird."
Julia hat einen Kloß im Hals. Sie empfindet nach wie vor Mitleid mit der jungen Frau. Anna-Maria ist gerade zwan-

zig Jahre alt und ihr Leben ist zerstört, bevor es überhaupt richtig begonnen hat. Sie wünscht, sie könne ihr helfen. Doch bei zweifachem Mord und einem versuchten Mord gibt es nichts, was sie für sie tun kann.

Auch für Michael empfindet sie Mitleid. Er hat sein Leben lang unter seinem Vater gelitten und immer versucht, Dinge wieder gut zu machen, die dieser angerichtet hatte. Doch dieses Mal ist er weit übers Ziel hinausgeschossen.

Nachdem Alexander und Julia ihre Befragungen beendet haben, treffen sie sich in ihrem Büro, wo Erik bereits auf sie wartet.

„Ich habe mir in der Zwischenzeit Klaus Richertz vorgenommen. Er hat gestanden, dass die Geschäftsfreunde Kurt Storm ein falsches Alibi gegeben haben", berichtet dieser. „Danach habe ich die anderen beiden auch hierher bestellt. Sie sind ebenfalls geständig. Ihre Aussagen befinden sich in der Mappe." Er deutet auf einen blauen Schnellhefter auf Alexanders Schreibtisch.

Julia schüttelt den Kopf. „Was für ein tragischer Fall. Nur damit Kurt Storm eine reine Weste behalten konnte, haben sie gelogen und damit eine zweite Katastrophe heraufbeschworen. Es hätte zwei Tote weniger gegeben, wenn sie die Wahrheit gesagt hätten und Kurt Storm einer gerechten Strafe zugeführt worden wäre."

bisher von Stephanie Werner erschienen:

Zerbrochenes Eis

BoD, Norderstedt, 2012
ISBN 9-783848-206131

Broschiert, 10,90 €

In den norwegischen Wäldern nahe Geilo wird vor einer abgebrannten Hütte die Leiche einer jungen Schriftstellerin entdeckt. Ein am Tatort gefundenes Foto zeigt zwei ehemalige Schulfreundinnen und einen Schulfreund der ermittelnden Kommissarin Lena Nylund. Eine dieser Frauen kam vor vielen Jahren bei einem Autounfall ums Leben, während die andere und der Mann am gleichen Tag spurlos verschwanden.
Wer ist die tote Schriftstellerin wirklich und in welcher Beziehung stand sie zu den Schulfreunden der Kommissarin? Die Ermittlungen werden für Lena zu einer Reise in ihre Vergangenheit, bei der sie in Lebensgefahr gerät.

Bücher von Uta Lösken bei BoD

Neu
... und dreht sich einfach weiter

Seitenblicke auf die Welt
Limericks und andere Gereimtheiten

erscheint Anfang September 2014

BoD, Norderstedt
ISBN 9-783735-761019
Broschiert, 9,90 €

Mitten aus der Nacht

kriminelle Geschichten

BoD, Norderstedt 2012
ISBN 9-783848-214778
Broschiert, 9,90 €

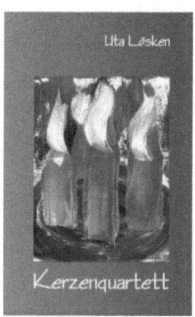

Kerzenquartett

Eine Adventsgeschichte
in 24 Episoden

BoD, Norderstedt 2009
ISBN 978-3839100530
Broschiert, 8,50 €